René Sommer

Murmeln in der Wurzelbucht

AF210755

Zuletzt erschienen:

Mit den Händen ein Herz. short stories. ISBN: 978-3-7392-3041-2

Tropfenklang aufs Tamburin. short stories. ISBN: 978-3-7583-0268-8

René Sommer

Murmeln in der Wurzelbucht

short stories

Bibliografische Information der Deutschen Nationalbibliothek:
Die Deutsche Nationalbibliothek verzeichnet diese
Publikation in der Deutschen Nationalbibliografie;
detaillierte bibliografische Daten sind im Internet über
https://www.dnb.de abrufbar.

Editor Factory: ib-lyric
Author Photo: Erika Koller
Cover Image: Itta Beaux

Herstellung und Verlag:
BoD – Books on Demand, Norderstedt

ISBN: 978-3-7583-7486-9

Inhalt

Der Anfang

In einer verborgenen Bucht springt Golo ins Wasser, taucht, schwimmt in den See hinaus. Die Frische prickelt auf der Haut. Er kehrt ans Ufer zurück, lässt sich von der Sonne trocknen, zieht die Kleider an.

Eine Frau läuft das Ufer entlang, beugt sich vor. „Gibt es etwas zu tun?"

Golo schließt die Riemen der Sandalen. „Ich betrachte die wechselnden Blautöne des Sees."

Sie lächelt. „Und sonst?"

Ein Mann trägt eine Zaine voll Wäsche. „Ich würde sie gern aufhängen, suche ein Seil und Klammern."

Die Frau sagt: „Komm mit! In der Nähe sind Seile gespannt. Dort findest du auch Klammern." Sie geht voran.

Der Mann blickt Golo an. „Bist du dabei?"

Golo folgt. Der Weg führt durch eine Wiese. Wegwarte und Schafgarbe blühen am Rand. Beim nahen Wald sind 5 Seile wie Notenlinien zwischen 2 Bäume gespannt. In einem aufgehängten Korb finden sich viele Klammern. Der Mann beginnt die Wäsche aufzuhängen.

Als er fertig ist, fällt der Frau ein Klammerspiel ein. Sie klemmt die Klammern in verschiedener Höhe an die Seile, wie Noten. „Wer die Melodie singen oder pfeifen kann, darf als Nächster komponieren."

Der Mann ist sehr gewandt, kann die erste Melodie auf Anhieb singen, komponiert in der Folge eine neue. Die

7

Frau fordert Golo auf, die Noten zu singen. Golo gelingt es auch. Nun ist die Reihe an ihm, eine neue Melodie zu setzen, welche dann die Frau mit glockenheller Stimme singt. „Was könnten wir als Nächstes unternehmen?"

Sie gibt die Antwort gleich selber: „Wir könnten zur Waldbühne gehen. Mit etwas Glück treffen wir dort die Band am Proben, können ihnen zuhören."

- „Ist sie weit von hier?" erkundigt sich der Mann.

„Es sind nur wenige Schritte", sagt sie und eilt voraus. Im Wald ist eine einfache Bretterbühne aufgebaut. Die Band ist nicht vollständig da, doch der Gitarrist und der Sänger proben. Sie freuen sich, dass sie ein kleines Publikum bekommen. Der Sänger trägt einen Song vor, wippt mit den Hüften. Der Gitarrist begleitet ihn, spielt zwischen den Strophen ein Solo. Während sich die Frau und der Mann vor der Bühne ins Moos setzen, geht Golo leise weiter. Ihn nimmt wunder, wohin der Weg führt. Er gelangt vor ein kleines Waldhaus. Am Gartentisch unter einem Sonnenschirm sitzt eine Frau. Sie komponiert einen Song.

„Lass dich nicht stören", bittet Golo, „ich gehe gleich weiter."

Die Frau legt den Stift ab, greift zur Gitarre. „Willst du hören, was ich bis jetzt komponiert habe?"

Sie bietet Golo einen Stuhl an. „Setze dich doch und sage mir frei heraus, was du davon hältst."

Sie trägt den ersten Teil eines Songs vor, blickt Golo mit gespannter Aufmerksamkeit an. „Kannst du dir ungefähr vorstellen, wie das Lied wird?"

Golo steht auf. „Danke, dass ich zuhören durfte. Das wird

ein ganz spezielles Lied."

- „Möchtest du einen Tee?" fragt sie, „ich könnte dir noch andere Kompositionen zeigen."

Doch Golo wendet sich zum Gehen. „Wenn es dir nichts ausmacht, würde ich gern den Wald erkunden. Mir gefallen die Waldwege. Ich weiß nie zum voraus, wohin sie führen."

Sie meint: „Vielleicht schaust du auf dem Rückweg etwas länger bei mir herein."

Er will nichts versprechen, schreitet weiter waldein. Der Wind bewegt die Äste. Sie werfen bewegte Schattenspiele auf den Waldboden. Wo sich die Bäume lichten, steht ein helles Haus. Auf der Eingangstreppe sitzt ein Mann mit einem Notizblock. „Ich plane."

- „Was hast du vor?" erkundigt sich Golo.

Der Mann zeigt ihm seine Skizze. „Wir richten ein Morgenzimmer ein. Wenn die Nacht vorbei ist, würde ich mich mit der Frau in diesen Raum begeben, bevor wir frühstücken. Das Kind schläft dann noch. Wir hätten Zeit zu zweit, um uns in den Tag einzustimmen. Zuerst dachte ich an viele Möbel, aber dann fiel mir ein, es wäre wunderbar, ein großes Bett in die Mitte des Raums zu stellen und zu sehen, was geschieht."

- „Ich wünsche euch viel Freude in diesem Zimmer", sagt Golo und lenkt seine Schritte auf einen Weg, der in Schleifen durchs Grasland führt.

Am Wegesrand blüht Johanniskraut.

Eine Frau kommt ihm entgegen. „Kennst du das Bildungszentrum?"

- „Ich habe noch nie davon gehört", gesteht Golo.

Sie findet: „Dann ist es allerhöchste Zeit, dass du es kennenlernst", führt ihn durch eine Allee zu einem großen Gebäude. „Alle Geschosse sind in 4 Sektoren unterteilt", berichtet sie. Die Sektoren sind nach den Himmelsrichtungen benannt und enthalten je 4 Räume, in welchen Ausbildungen stattfinden."

Hinter der Eingangstür hängt ein Kästchen, das Pläne enthält. „Damit kannst du dich in allen Geschossen zurechtfinden", sagt sie, drückt ihm einen Plan in die Hand. Golo studiert ihn aufmerksam. Auch die oberen Geschosse sind in Sektoren eingeteilt. Das Treppenhaus und die Lifte befinden sich in der Gebäudemitte. Mit dem Plan findet sich Golo gut zurecht. Im dritten Stock hängt eine samtschwarze Kapuzenjacke an einem Garderobenhaken. Als er im vierten Stock anlangt, spricht ihn eine Frau an: „Ich bin sicher, dass ich meine Jacke in der Garderobe aufhängte. Jetzt sehe ich sie nicht mehr."

Golo beschreibt die Jacke, erkundigt sich: „Ist es deine? Sie hängt einen Stock tiefer."

Die Frau eilt hinunter, nimmt die Jacke von der Garderobe. „Danke für den Tipp! Ich war zerstreut."

Golo sagt: „Die Geschosse sehen alle gleich aus. Das kann passieren."

Er verlässt das Gebäude, stößt auf einen Weg, der zum See hinunterführt. Smaragdgrün schimmert er aus den Wiesen auf.

Er begegnet einem Mann, der ihm die seltsame Frage stellt: „Hast du Badehosen dabei?"

- „Im Moment nicht", erwidert Golo.

Der Mann schenkt ihm eine aus dunkelblauem Stoff, entfernt sich schnell, bevor Golo etwas dazu sagen kann.

Überrascht steht er mit der geschenkten Hose da, als sich eine Frau zu ihm gesellt. Sie gibt ihm ein Badetuch. „Nun bist du ausgerüstet."

- „Wozu?" fragt er.

„Im See findet eine kurze Schwimmübung statt. Jetzt kannst du teilnehmen."

Am Strand steigen Frauen und Männer mit der Schwimmlehrerin ins Wasser. Golo legt die Badehosen an.

Die Lehrerin muntert ihn auf: „Du bist willkommen."

Er schwimmt mit der Gruppe hinaus und zurück zum Ufer. „Das war es denn schon", sagt die Lehrerin. Golo steigt aus dem Wasser, trocknet sich ab.

Die Schwimmlehrerin zeigt ihm eine Wäscheleine. „Da kannst du die Badehosen und das Tuch aufhängen."

Erfrischt spaziert Golo das Seeufer entlang, bis er zu einem Sessellift gelangt. Bei der Talstation ist eine Holzbeige. Er sieht, wie die Kinder 2 Scheite mitnehmen, bevor sie in den Sessel steigen. „Was habt ihr vor?" fragt er einen Jungen.

„Bei der Bergstation beigen wir die Scheite auf. Wenn wir alle bei jeder Fahrt ein wenig Holz mitnehmen, wächst die Beige auf dem Berg zu stattlicher Höhe, ohne dass wir uns verausgaben müssen."

Golo anerkennt: „Das ist eine gute Idee."

- „Nimm doch auch 2 Scheite und steig ein", schlägt der Junge vor, „oben auf dem Berg kannst du die Aussicht genießen."

- „Das könnte ich mir vornehmen", sagt Golo, „aber zunächst möchte ich das Ufer und die Wege um den See erkunden." Er schaut zu, wie der Junge mit 2 Scheiten in den Sessel klettert und sich bergauf tragen lässt.

Dann geht er weiter, hält inne, betrachtet, wie der Wind mit dem spiegelnden Wasser spielt. Wellensterne blinken. Bis ins Wasser ragen die Äste eines alten Baums herab. Im Wipfel kauert ein Eichhörnchen. Seine Stellung wirkt vollkommen entspannt. Golo denkt bei sich: „Ich könnte beim Nachbarbaum in den Wipfel klettern und mich wie das Eichhörnchen entspannen." Er steigt langsam in die Krone hinauf, um es nicht zu erschrecken. Das Eichhörnchen beobachtet ihn aufmerksam, verharrt jedoch ruhig. Bei 2 dicken Ästen kauert Golo nieder, nimmt seine lockere Haltung ein. Als das Eichhörnchen über einen Ast läuft und in einen anderen Wipfel springt, steigt Golo vom Baum herab, geht ein paar Schritte, sieht eine Katze, die sich wohlig in eine Wurzel gekuschelt hat. Sie hebt nur kurz den Kopf und mustert ihn, bevor sie die Augen wieder schließt und sich wohlig räkelt.

„Das will ich auch versuchen", sagt sich Golo, legt sich auf die Wurzelstränge einer urwüchsigen Linde und entspannt sich.

Ein Mann ist mit einer Kamera unterwegs, sieht Golo auf den Wurzeln liegen, fragt, ob er ihn aufnehmen dürfe. Golo ist einverstanden, lockert sich von den Zehen- bis zu den Fingerspitzen, während der Mann ein paar Aufnahmen macht. Als er sich bedankt hat und weitergegangen ist, erhebt sich Golo, streckt und reckt sich wie eine Katze, folgt dem Weg, der in einen Wald einbiegt.

2 Männer sind daran, mit Tüchern und Ästen eine Hütte zu bauen. „Du darfst uns helfen", sagt der blonde Mann, der

Golo zuerst bemerkt.

„Wenn du magst", fügt der andere bei.

„Was baut ihr?" fragt Golo.

„Es wird unsere Hütte", erklärt der blonde Mann.

Der Dunkelhaarige ergänzt: „Wir wollen darin übernachten."

Der Blonde zeigt Golo einen Hüpfball. „Hier im Wald ist es schwieriger, damit zu spielen. Aber auf dem Asphalt hüpft er wunderbar hoch."

Der Ball lässt sich in der Mitte aufschrauben. Der Blonde hat darin Brote eingepackt. „Ich verwende ihn als Mahlzeitbox."

Der Dunkelhaarige bietet Golo das Skateboard an. „Fahre damit eine Runde."

- „Auf dem Waldweg wird das schwierig", gibt Golo zu bedenken.

„Mach dir keine Sorgen", sagt der Dunkelhaarige, „mein Skateboard fliegt darüber hinweg."

Er macht es gleich einmal vor, springt aufs Board und lässt es über den Waldweg gleiten. Es hebt ab, und der Dunkelhaarige kreist über den Wipfeln.

„Das solltest du auch versuchen", empfiehlt der Blonde, „das gibt ein gutes Gefühl."

- „Ich bleibe lieber bei den Wurzeln", erwidert Golo.

Unter flechtenüberzogenen Bäumen spaziert er zum Waldrand. Auf einer Bank sitzt eine Frau, hat einen Schreibblock vor sich und sagt: „Ich schreibe einen Brief an einen Mann. Ich liebe ihn, aber er liebt mich nicht. Soll ich ihm trotzdem schreiben?"

Golo bleibt stehen. „Was willst du ihm mitteilen? Was erwartest du für eine Antwort?"

Sie sagt: „Ich weiß nicht einmal, ob er den Brief öffnen wird. Es ist das allerseltsamste Verhältnis der Welt. Was ließe sich da allenfalls schreiben?"

Golo denkt kurz nach. „Erzähle eine kurze Geschichte aus deinem Leben."

Ihr fällt ein: „Ich sah eine Eidechse. Soll ich das schreiben?"

- „Das ist ein vielversprechender Anfang. Mich würde es freuen, einen Brief, der mit der Eidechse beginnt, zu bekommen", erklärt Golo.

Goldene Kugeln

Golo läuft immer weiter, bis er vor eine riesige Orange kommt. Sie ist größer als ein Elefant. Eine Frau steckt einen Zapfhahn ein, füllt ein Glas mit Orangensaft. „Möchtest du probieren?"

Golo sagt: „Es nimmt mich wunder, wie der Saft schmeckt." Er probiert einen Schluck. „Das ist der beste Saft, den ich je getrunken habe." Genießerisch langsam trinkt er das Glas aus, gibt es ihr zurück.

Sie legt die Hand an den Zapfhahn. „Du kannst gern noch mehr haben."

Er streicht sich über den Bauch. „Danke, für den Moment reicht es."

- „Du kannst jederzeit zurückkommen und Saft trinken, so viel du magst."

Vom Weg am Waldrand zweigt ein Wiesenweg stadteinwärts ab. Dort trifft Golo einen Radfahrer. Er trägt einen Helm und einen Anzug wie ein Rennfahrer.

„Trainierst du für ein Rennen?" fragt er ihn.

Der Fahrer weist auf die runde Box, die auf dem Gepäckträger montiert ist. „Ich bin der Pizzakurier und muss jetzt los." Er verabschiedet sich, radelt bergab.

Golo schaut ihm nach, bis er ihn hinter einer Wegbiegung aus den Augen verliert.

Am Stadtrand wartet ein Flugwal. Er hält das Maul weit aufgesperrt. 3 Männer schieben einen Steinway-Konzertflügel hinein.

„Mag er mit dem Gewicht fliegen?" wundert sich Golo.

„Ohne Mühe", versichert ein Mann.

„Wohin fliegt er?" will Golo wissen.

Der Mann deutet auf den Waldberg über der Stadt. „Zum Gipfelfelsen. Es gibt dort wunderbare Echoräume."

- „Die würde ich auch gerne hören", sagt Golo.

„Flieg doch mit", empfiehlt ein Mann, „es hat genug Platz im Wal."

Der zweite Mann breitet die Arme aus. „An Platz mangelt es wirklich nicht. Steig ein!"

Golo betritt den Wal. „Ich verlasse mich auf euch. Ihr bewegt euch ruhig und selbstsicher. Es ist bestimmt nicht das erste Mal, dass ihr auf diese Weise einen Konzertflügel verfrachtet."

- „Wir haben Erfahrung", bestätigt der dritte Mann, lädt eine Klavierbank ein, summt eine kurze Melodie. Der Wal singt laut. Dann schließt er das Maul, hebt ruhig ab. Golo hält sich am Konzertflügel fest. Der Halt ist jedoch nicht nötig. Sanft gleitet der Wal durch die Luft. Er zieht eine Schleife um den Gipfel, landet auf einer riesigen Felsenplatte, sperrt das Maul auf.

Golo steigt aus. Die Männer schieben den Steinway aus dem Maul.

„Gleich ist es so weit", kündet der erste Mann an.

Der zweite öffnet den Deckel der Tastatur. „Nun kannst du spielen."

Rasch stellt ihm der dritte Mann die Klavierbank hin. Golo setzt sich, schlägt einen Ton an. Die Echoräume das Gipfelfelsens widerhallen. Ein wunderbares Spiel der Obertöne beginnt, als Golo auf dem Flügel spielt. Der Fels scheint mitzusingen. Der Wal stimmt einen neuen Gesang an. Golo lässt die Musik verhallen. Als der Wal verstummt, kehren die Männer in sein Maul zurück.

„Kommst du mit?" fragt der erste Mann.

„Oder bleibst du?" erkundigt sich der zweite.

- „Ich würde gern den Berg erkunden", antwortet Golo.

Wiederum summt der dritte Mann eine kurze Melodie, worauf der Wal singt, das Maul schließt und abfliegt. Golo schaut ihm nach, bis er als winziger Punkt am Horizont verschwindet. Er schließt den Tastaturdeckel, entdeckt einen Weg, der in vielen Kehren talwärts führt. Beim Abwärtsgehen verfällt Golo in ein fröhliches Hüpfen.

In einer Kehre bietet ihm ein Mann an, die Haare zu schneiden. „Ich habe in meinem Haus einen kleinen Coiffeursalon eingerichtet."

Golo sagt: „Im Moment möchte ich die Haare lieber wachsen lassen."

Bei der untersten Kehre stößt er auf eine leere Bahnhofshalle. Eine Frau setzt sich eine Augenbinde auf. „Ich möchte die Halle ertasten. Bist du dabei?"

- „Was muss ich tun?" fragt er.

„Du begleitest mich und sagst mir laufend, ob es stimmt, was ich ertaste." Sie geht durch eine Drehtür in die Halle. Golo folgt ihr. „Warum willst du die Halle ertasten?" will er wissen.

„Es ist anders, als wenn ich sie mit den Augen erkunde", antwortet sie und ertastet eine Säule. „Das ist eine Säule." Er bestätigt ihre Wahrnehmung. „Das ist richtig. Du hast eine Säule vor dir."

Als nächstes spürt sie mit den Händen eine Sitzbank auf. „Ich habe eine Bank gefunden."

Golo sagt: „Du bist gut. Es ist eine Bank."

Bei einem alten Fahrplanständer ist sie etwas länger am Tasten. „Möglicherweise", rät sie, „ist es eine Anzeigetafel."

- „Das trifft zu", anerkennt Golo.

Sie nimmt die Augenbinde ab. „Es hat mir Spaß gemacht. Möchtest du die Binde aufsetzen?"

Golo lässt den Blick schweifen. „Ich sehe mir lieber alles mit offenen Augen an."

- „Das ist dir doch unbenommen. Das könntest du später jederzeit unternehmen. Vorerst würdest du aber mit den Händen entdecken."

- „Ich bin ein Augenmensch", betont er, „verlasse mich gern aufs Sehen."

Sie verlässt die Halle. „Das musst du selber entscheiden."

Golo schaut sich um, bevor auch er hinausgeht. Im Freien begegnet ihnen ein Fotograf. „Darf ich euch fotografieren?"

Die Frau stellt sich neben Golo. „Sind wir nicht ein tolles Paar?"

- „Deswegen fragte ich ja", erklärt der Fotograf, „es macht mir Spaß, Paare aufzunehmen." Er umkreist sie, macht gleich einige Aufnahmen.

„Vorher", berichtet sie, „tappte ich mit einer Augenbinde durch die Bahnhofshalle. Wäre das eine Aufnahme wert?"

- „Mehr als eine", sagt er, schreitet eilends mit ihr durch die Drehtür.

Golo schlägt einen Weg ein, der sich an den Rand des Waldes schmiegt. Eine Frau ist mit 5 Hunden unterwegs. Sie blickt konzentriert auf die Leinen, immer darauf bedacht, Verwicklungen vorzubeugen, was alles andere als einfach scheint, denn die Hunde sind jung und temperamentvoll. Außerdem trägt sie eine Tasche. Am Henkel hängt eine goldene Kugel. Sie fragt Golo: „Bringst du die Tasche ins Restaurant mit der goldenen Kugel im Schild? Ich denke, die Wirtin wird sich bestimmt darüber freuen." Ohne die Antwort abzuwarten, übergibt sie ihm die Tasche.

Golo weicht rasch zurück, dass die Hunde nicht an ihm hochspringen. „Wo ist das Restaurant?"

- „Du kannst es nicht verfehlen, wenn du stadteinwärts gehst", antwortet sie und läuft mit den Hunden weiter.

Golo betrachtet die Tasche mit der Kugel, lenkt seine Schritte zum Stadteingang. Neben dem Tor, das 2 runde Türme flankieren, prangt tatsächlich ein Schild mit einer goldenen Kugel. Die Wirtin steht vor den Tischen am Straßenrand. Freudig nimmt sie die Tasche in Empfang. „Das wird meine Lieblingstasche." Sie rückt einen Stuhl. „Setz dich doch! Ich würde dir gern ein Getränk offerieren und bin ganz gespannt, ob du herausfindest, was es ist." Mit diesen Worten verschwindet sie im Restaurant, kehrt mit einem kleinen Glas zurück, in welchem ein purpurroter Saft schimmert. Golo kostet ihn im Stehen, findet ihn erfrischend herb. „Was ist das?"

- „Das ist Cranberry-Saft", verrät sie ihm, „möchtest du dich setzen und etwas mehr trinken?"

Golo gibt ihr das Glas zurück. „Gerne würde ich zunächst die Umgebung der Stadt erkunden."

Er schlägt den Weg in einen öden Hang ein, begegnet einem Mann, der ein großes Buch unter dem Arm trägt.

„Hier wäre der rechte Ort, es zu öffnen. Aber ich möchte es nicht selber tun." Er händigt es Golo aus. „Vielleicht möchtest du es übernehmen."

- „Es ist recht schwer", findet Golo, legt es ins Gras, schlägt es auf. Eine Fülle von Ästen, Zweigen, Blättern, Ranken und Blüten wuchert daraus empor, breitet sich schnell im Hang aus, bildet eine undurchdringbare Wildnis.

Golo schließt das Buch schnell. Die Wildhecke jedoch bleibt. „Damit könnte man ganze Landstriche beleben", fällt ihm ein.

„Es ist das Buch der Wildnis", erklärt der Mann, „ich behalte es bei mir. Du kennst es nun und kannst es jederzeit bei mir holen, wenn dir ein Landstrich zu öde erscheint." Er hebt es auf. „Du darfst es nur nie übertreiben." Eilends trägt er das Buch fort, während sich Golo nach einem Weg umsieht.

Eine Frau trifft ein. „Was für eine Wildnis! Zum Glück habe ich mein kleines Ordnungsbuch dabei." Sie reicht es Golo. „Schlage eine beliebige Seite auf. Du wirst sehen, mein Buch bewirkt Wunder."

Er öffnet das Ordnungsbuch. Magisch zieht es die Wildhecke ein, sie verschwindet im Buch mit allen Ranken, Zweigen und Trieben, und der Hang ist öd wie zuvor.

„Erstaunlich", bemerkt Golo, „was ein so kleines Buch alles aufnehmen kann."

Die Frau nimmt es wieder an sich. „Wenn dir irgendwo ein Landstrich zu wild erscheint, kannst du es bei mir beziehen." Sie wirft einen letzten Blick auf den Hang, entfernt sich, reckt den Rücken gerade, geht erhobenen Hauptes.

Golo wählt den kleinen Weg, der durch den Hang zu

einem Bahnhof mit einer großen Halle führt. Darin sind Leute am Warten und unterwegs, strömen vom Eingang zu den Gleisen oder von den Gleisen zum Ausgang. Ein Radiomacher trägt Kopfhörer und ein Mikrofon. Er fragt Golo: „Darf ich dich interviewen?"

- „Was sind denn deine Fragen?" will Golo wissen.

„Ich möchte herausfinden, was die Leute tun, wenn sie den Pappbecher ausgetrunken haben", erklärt der Radiomacher.

„Ich habe gar keinen Pappbecher", sagt Golo.

Der Mann vom Radio fährt unbeirrt fort: „Aber was würdest du tun, wenn du einen hättest? Würdest du ihn ordnungsgemäß entsorgen?"

- „Sicher würde ich das tun", erwidert Golo, „wenn immer möglich würde ich ihn in ein Kartonrecycling einwerfen."

- „Das sagen alle", wundert sich der Radiomann, „trotzdem liegen zerknüllte Pappbecher herum oder sind neben der Sitzbank abgestellt."

Vom Bahnhof führt ein schmaler Weg zum See hinunter. Den engen Eingang in die Lagune säumen Kalksteinfelsen. Steil ragen sie in die Höhe. Intensiv türkis schimmert das Wasser im Felsenbecken, azurblau in der Tiefe. Das Licht streut Farbenspiele über die hellen Felsen. Eine Frau trägt ein kleines Kind in die Lagune. Es hat die großen Augen weit geöffnet und staunt über das Licht und die Farben. Auf dem Weg durch die Lagune sieht Golo ein Notenblatt liegen, hebt es auf. Es enthält ein mehrstimmiges Lied mit Klavierbegleitung. Zuerst will er es selber singen. Der Text handelt von einer Mütze, die ein Mann gefunden hat. Er begegnet 3 Frauen.

Die erste fragt: „Was für ein Blatt hältst du in der Hand?"

Golo zeigt es ihr. „Es ist ein Lied."

Die zweite beugt sich vor: „Das könnten wir singen."

Die dritte stimmt es an. Die Frauen singen dreistimmig. Hell klingen ihre Stimmen. Die Felsen widerhallen.

Die erste Frau bittet: „Dürfen wir das Blatt behalten?"

Golo schenkt es ihr mit einem Lächeln. „Es gehört euch."

Er findet auf einem kleinen Weg eine goldene Kugel. Sie glänzt im Gras. Er hebt sie auf. Ein Mann sagt: „Ich flechte ein Körbchen. Dann kannst du sie hineinlegen, wenn du das willst."

Zum Willkomm

Unterwegs gerät Golo vor eine Hochsprungmatte. Sie bedeckt den Weg in seiner ganzen Breite auf einer Länge von 4 Metern, ist etwas über einen Meter hoch. Eine Frau schlägt vor: „Lass dich einmal rücklings fallen. Du wirst staunen, wie gut sie dich auffängt."

Golo probiert es gleich aus. Er stellt sich rücklings an die Matte, wirft die Arme über die Schultern, landet weich auf dem Rücken. Dann setzt er sich auf, federt. „Sie fängt den Sturz weicher als Wasser auf."

- „Nimm nun Anlauf, springe hoch, lande mit den Füßen auf der Matte und wälze dich."

- „Meinst du so?" fragt Golo, rennt zur Matte, springt in die Höhe, dreht sich bei der Landung in Seitenlage, lässt sich fallen, rollt aus.

- „Das hast du gut gemacht", lobt sie ihn.

Golo dankt, geht weiter. Am Wegesrand steht eine Tafel. Darauf ist mit großer Schrift der Satz gemalt: „Du bekommst einen Brief." Golo sieht sich um. „Von wem sollte ich einen Brief erhalten?" Eine Briefträgerin auf dem Fahrrad holt ihn ein, kramt einen Brief aus der Tasche: „Bist du Golo? Dann ist dieser Brief für dich."

Er öffnet das Couvert, liest: „Lieber Golo, besorge dir Zebrastreifen. Freundliche Grüße, dein Zebra."

Er kommt zu einem Markstand. An einem Kleiderbügel hängen Hosen mit Zebrastreifen. Die Marktfrau fragt:

„Willst du sie anprobieren?"

Die Garderobenkabine ist in einem Zelt untergebracht. Golo probiert die Zebrahosen an, betrachtet sich im Spiegel. „Ich nehme sie. Was sie wohl kosten?"

- „Sie sind ein Geschenk", sagt die Frau, hängt die Jeans an den Bügel. Golo dankt.

Der Weg führt an einer weißen Wand vorbei. Ein Mann sieht Golo schreiten, meint: „Du trägst weiße Hosen mit schwarzen Streifen."

Später kommt er an einer schwarzen Wand vorbei. Eine Frau deutet auf ihn. „Du trägst schwarze Hosen mit weißen Streifen."

Ein Mann winkt mit einem Prospekt. „Verstehst du dich aufs Kartenlesen?"

Golo tritt näher, betrachtet die Karte auf der Rückseite des Faltprospektes. Der Mann legt den Finger auf ein Kreuz. „Da befindet sich eine Feuerstelle. Kannst du mir zeigen, wo sie ist?"

Golo studiert die Karte. „Der Weg führt durch den Wald."

Er begleitet den Mann zur Abzweigung, schlägt den Waldweg ein. „Das ist der Weg, der auf der Karte eingetragen ist."

- „Dann sind wir ja bald da", freut sich der Mann.

Sie spazieren immer tiefer in den Wald hinein, der dicht bewachsen mit Farn und Laubbäumen ist. Auf einer Lichtung zwischen hohen Buchenbäumen erscheint die ummauerte Feuerstelle, umgeben von Tischen und Sitzbänken. Der Mann sammelt Reisig. „Da will ich denn gleich ein Feuer entfachen."

Golo folgt dem Weg, sieht einen Wolf entspannt vor

einem Höhleneingang schlummern. Er öffnet die Augen. „Was schleichst du um mich herum?"

- „Ich schleiche mich nicht um dich herum", widerspricht Golo, „es ist ein schöner Tag. Da gehe ich hinaus und sehe mir die Welt an." Er spaziert aus dem Wald heraus an einen See. Wolken spiegeln sich in der glatten Oberfläche. Ein drei Meter hoher Sprungturm ragt aus dem Wasser. Golo zieht die Kleider aus, schwimmt hinüber. Er klettert auf den Turm, tritt aufs Sprungbrett hinaus, macht einen Kopfsprung. Ringförmig breiten sich die Wellen aus, blinken. Golo taucht auf, schwimmt zum Ufer zurück, nimmt das Kleiderbündel auf, geht an die Sonne, legt sich auf einen Felsen und lässt sich trocknen. Dann zieht er die Kleider an, wandert zum Sandstrand, wo ein Mann das Segel seines dreirädrigen Gefährts spannt. Ein Wind kommt auf, bläht das Segel. Der Mann schwingt sich auf den Sattel, rollt davon. Die Räder ziehen eine Spur in den Sand. Golo geht ihr nach. Vor dem Stadtrand holt der Mann das Segel ein. „Mit dem Rad zu segeln ist ganz anders als mit dem Boot", erklärt er.

Golo begegnet einer Frau. Sie sucht Kurkuma für einen Tee. „Es gibt am Stadtrand einen Laden. Begleitest du mich?" Sie tritt mit Golo ein.

Der Verkäufer kommt aus dem Hinterraum. „Was darf es sein?"

Die Frau wünscht: „Ich hätte gern Kurkuma."

Er geht zum Gestell. „Brauchst du eine große oder eine kleine Dose?"

Sie wählt die große. Ihr Handy klingelt.

Sie klaubt es aus der Tasche, blickt auf den Bildschirm.

„Mein Sohn ruft an."

Er fragt: „Wo bist du?"

- „Im Laden am Stadtrand", antwortet sie.

Seine Stimme klingt vergnügt. „Ich freue mich auf den Tee."

Beim Verlassen des Ladens deutet sie auf ein Einfamilienhaus. „Das solltest du dir ansehen."

Golo geht zur Tür. Sie steht nur angelehnt. Er ruft: „Ist jemand zu Hause?"

Ein Mann kommt zum Eingang. „Möchtest du das Haus besichtigen?"

- „Wenn es möglich ist", antwortet Golo, „fände ich es interessant."

Der Mann bittet ihn einzutreten. „Es ist mir eine Freude. Vom Eingangsraum kannst du alle möglichen Räume erreichen. Das Badezimmer mit Badewanne, die Küche, den Wohnraum. Die Treppe führt ins Obergeschoss mit 3 Zimmern." Er weist in den größten Raum. „Das ist der Wohnraum. Verlaufe dich nicht!" Ruhig schaut er zu, wie Golo den Raum abschreitet. „Zum Garten lässt sich die große Schiebetür öffnen." Dann zeigt er ihm die Küche. „Auch sie hat eine Glastür zum Außensitzplatz. Für den Essraum gibt es viel Platz." Er lässt seine Finger über die Bedienerflächen gleiten. „Alle Geräte sind funktional angeordnet." Schließlich deutet er zur Treppe. „Sehen wir uns doch noch die Zimmer im Obergeschoss an!" Er lässt Golo in einen Raum treten, der fast so groß wie der Wohnraum im Erdgeschoss ist. „Das Elternschlafzimmer ist geräumig, nicht nur zum Schlafen gedacht." Auch in den 2 Kinderzimmern hat es sehr viel Platz.

Golo dankt für die Führung. „Nun weiß ich, wie das Haus innen aussieht."

Der Mann sagt: „Wenn du es kaufen möchtest, vermittle ich dir gern die Bank zur Finanzierung."

Nach dem Verlassen des Einfamilienhauses kommt Golo an einer Alterssiedlung vorbei. Eine Frau sagt: „Ich kann mich noch gut bewegen. Ich mache meinen täglichen Spaziergang. Was kann ich sonst noch tun oder sagen? Ich finde es angenehm, dass du dir die Zeit nimmst, um mir zuzuhören. Die meisten Menschen haben sehr viel zu tun, können sich gar nicht um mich kümmern, weil sie so in Eile sind. Sie haben immer etwas vor sich."

Golo erwidert: „Ich höre gern zu. Da lerne ich eine Menge." Ein Schulbus fährt vor. Wartende Kinder drängen sich hinein. Der Fahrer mahnt: „Eins ums andere. Es hat genug Platz." Er kontrolliert die Gurten. „Ihr habt euch alle richtig angeschnallt."

Er schließt die Seitentür, setzt sich auf den Fahrersitz. Ein Junge und seine Mutter winken. Der Fahrer kurbelt das Fenster hinunter. „Wollt ihr beide mitfahren?"

- „Das wäre außerordentlich freundlich", erklärt die Frau. Sie steigt mit dem Sohn ein. Der Fahrer fährt los.

Golo schreitet über die Straße. Eine Frau spricht ihn an: „Weißt du, wo es Erdbeeren vom Bauern gibt?"

- „Beim Bauern selber", vermutet Golo, „ist wohl nicht die einzige Antwort."

Die Frau zeigt ihm einen Laden. „Da bekomme ich frische Erdbeeren. Du musst unbedingt eine probieren."

Der Verkäufer lacht, als sie mit Golo eintritt. „Dürfen es Erdbeeren sein?"

Er nimmt ein Körbchen vom Gestell.

Sie streckt die Arme nach vorne aus. „Davon kann ich nie genug bekommen."

Kaum sind sie wieder draußen vor dem Laden, bietet sie Golo das Körbchen an. „Greif zu."

Golo kostet eine Erdbeere. „Jetzt verstehe ich deine Begeisterung."

Sie blinzelt ihn wie ein Lächeln an. „Nimm so viele, wie du magst."

Er isst noch 2, 3. Dann verabschiedet er sich dankend, wandert über einen Waldberg. Eine felsige Flanke zieht sich über einer Stadt hin. Er blickt auf die Gassen der Altstadt hinunter.

2 Männer winken ihm. Er steigt über eine Felsentreppe zu ihnen hinunter. „Was gibt es?"

Ein Mann trägt einen Gitarrenkoffer. „Wir werden gleich im Restaurant auftreten, dachten, unsere Lieder würden dir gefallen."

Der zweite Mann öffnet die Tür. „Geh nur vor!"

- „Seid ihr jetzt ein Trio?" fragt die Wirtin.

Der Mann mit dem Gitarrenkoffer winkt ab. „Wir haben einen Gast mitgebracht."

Sie wendet sich an Golo. „Dann magst du ihre Lieder?"

Er gesteht: „Ich höre sie zum ersten Mal. Sie haben mich eingeladen."

Die Wirtin bietet ihm einen Platz am Tisch neben der kleinen Bühne an. „Was darf ich dir bringen?"

Golo bestellt ein Glas Wasser.

Der Mann stimmt die Gitarre. „Das spendiere ich." Er tritt mit dem zweiten Mann auf die Bühne. Sie singen das Lied von einem Mann, der eine Abkürzung wählt. Sie stellt sich jedoch als Umweg heraus. In der Folge kommt er zu spät nach Hause.

Golo klatscht. Das zweite Lied handelt von Ästen, die im Weg liegen. Der Mann muss sie wegräumen, um durchzukommen. Wiederum spendet Golo Beifall. Dann machen die Männer eine Pause. „Wenn mehr Gäste da sind, singen wir weiter", erklärt der Gitarrist, „du könntest in der Zwischenzeit die Stadt anschauen gehen."

Golo trinkt das Glas aus, kehrt in die Altstadtgasse zurück. An einem Stand bietet ihm eine Marktfrau ein Stück Käse an. „Den solltest du probieren."

Golo schiebt es in den Mund, kostet es. „Das ist ein feiner Käse", anerkennt er.

Die Gasse mündet in einen Platz. Ein Künstler baut ein Zeltgestell auf, wirft ein filigranes Netz darüber, in welches Worte geflochten sind. „Poesiezelte sind meine Art, Gedichte zu machen." Ein leichter Wind bewegt das Netz. Die Worte erscheinen in immer neuen Zusammenhängen, werfen Schatten aufs Kopfsteinpflaster. Golo kann sich kaum sattsehen. Das Spiel der Worte fasziniert ihn.

Das Altstadthaus eines Restaurants ist eingerüstet. Auf einem Brett steht ein Maler, erneuert den verwitterten Schriftzug. „Bald ist es so weit, und du kannst den Namen mit frischer Farbe lesen."

Er tritt beiseite, gibt die Sicht auf den Schriftzug frei.

„Zum Willkomm" liest Golo, „der Name ist einladend."

Die Wirtin steht bei der Tür unter dem Gerüst, sagt: „So ist es! Du bist zur Wiedereröffnung herzlich eingeladen."

- „Wann findet sie statt?" fragt er.

Sie weist auf ein Plakat, das neben dem Eingang hängt. „Morgen! Dann offeriere ich dir einen Willkommenstrank." Golo dankt. „Ich freue mich." Er geht weiter, kommt zu einem seltsamen Marktstand voller Prospekte mit lachenden Gesichtern. Ein Mann winkt ihm. „Bist du zufrieden mit deinem Job? Ich kann dir jede Stelle vermitteln. Planst du eine berufliche Veränderung?"

Golo hält inne, sieht sich die ausgehängten Prospekte an. „Ich verändere laufend das Tempo, die Schrittlänge, die Pausen beim Gehen.

- „Aber von etwas musst du doch leben", meint der Mann. „Ich lebe von der Bewegung", sagt Golo, „ich halte mich und die Welt um mich herum in Bewegung."

- „Was machst du?" fragt der Mann.

Golo erklärt: „Ich bin unterwegs."

Der Mann zeigt ihm einen Prospekt: „Da wäre der Beruf des Reisebegleiters. Was hältst du davon?"

Golo wendet sich zum Gehen. „Das ist ein ehrbarer Beruf. Ich denke darüber nach."

Der Mann bildet einen Fächer mit den Prospekten. „Es gibt in der Reisebranche eine ganze Palette von vielversprechenden Berufen."

Im Papageienwald

Auf einem Tisch mitten in der Gasse sortiert eine Frau Altpapier. „Es landet viel Post in meinem Briefkasten. Da komme ich nicht umhin, gelegentlich Ordnung zu schaffen." Sie sortiert das Papier nach der Größe, schnürt Bündel. „Natürlich bin ich froh, wenn es bald eine Papiersammlung gibt."

- „Kann ich helfen?" fragt Golo.

„Danke vielmals", erwidert die Frau, „ich komme gut zurecht. Aber ich darf es nicht länger anstehen lassen."

Eine Seitengasse führt aus der Altstadt heraus zu einem neuen Haus. Ein Mann lädt Golo ein. „Für ein Mikado habe ich viele Stäbe bemalt. Willst du sie anschauen?"

Golo folgt ihm in einen hellen Atelierraum, wo die Stäbe in langen Reihen aufgestellt sind. Der Mann gibt ihm einen unbemalten Stab. „Lese dir selber einen Pinsel und die Farbe aus."

Golo tritt an den Tisch, öffnet eine Dose mit kobaltblauer Farbe, wählt einen kleinen Pinsel, bemalt den Stab mit blauen Tupfen.

Der Mann lobt ihn. „Von selber wäre ich nicht auf so eine einfache Struktur gekommen." Er steckt den Stab ins Loch einer Leiste, in der viele Stäbe am Trocknen sind. „Wenn ich genug Stäbe habe, spielen wir zusammen Mikado. Bist du dabei?"

Golo sagt: „Wenn ich in der Stadt bin, steht dem nichts im

Weg."

Als er das Haus verlässt, kommt ein riesiger Hund ange-rannt. Golo hält inne. Der Hund setzt sich auf seine Füße, blickt ihn an, bleibt eine Weile sitzen. Golo teilt ihm mit: „Ich möchte weiter gehen."

Da steht der Hund auf, gibt ihm den Weg frei, folgt ihm sogar, wedelt mit dem Schwanz. Vor einem Museum setzt er sich auf den Gehsteig. Eine Frau öffnet die Eingangstür. „Wir werden eine Ausstellung zum Thema ‚Antriebssyste-me' einrichten. Bist du interessiert?"

- „Was zeigt ihr?" möchte er erfahren.

Sie führt ihn in eine große Halle. „Noch ist alles leer. Schon bald werden Antriebssysteme aus aller Welt eintreffen."

Golo sieht einen Mann am anderen Ende der Halle, der ihm winkt. „Wer ist das?"

- „Das ist unser technischer Berater. Du solltest unbedingt mit ihm sprechen."

Golo durchquert die Halle. Der Mann stellt sich vor. „Ich bin Erfinder, habe ein atemberaubendes Antriebssystem entdeckt."

- „Welche Energie nutzt es?" fragt Golo.

Der Erfinder weicht zurück. „Das behalte ich für mich. Wer weiß, was die Menschen damit machen, wenn es in ihre Hände kommt."

- „Könnte es nicht die Umwelt schonen?" nimmt Golo wunder.

„Das und noch viel mehr", verspricht der Erfinder, „aber ich gebe es nicht preis."

- „Wenn dein Antriebssystem die Umwelt schont, solltest du deine Erfindung baldmöglichst vorstellen", meint Golo.

Der Erfinder hebt die Hände. „Ich habe große Bedenken. Erst wenn sie sich zerstreuen, baue ich das System und führe es vor." Er öffnet eine Tür, verlässt die Halle.

„Warte!" bittet Golo, „ich möchte noch etwas beifügen."

Der Erfinder läuft durch einen langen Gang. Golo ruft ihm nach: „Komm zurück! Unser Gespräch hat erst angefangen."

- „Und ist schon beendet", lässt sich der Erfinder vernehmen, bevor er durch eine Seitentür verschwindet.

Golo geht durch die Halle zum Ausgang. „Der Berater ist nach einem kurzen Gespräch davongelaufen", berichtet er.

Die Frau hebt den Blick. „Immerhin hast du mit ihm sprechen können."

- „Das stimmt", räumt Golo ein, verlässt das Museum, biegt in eine lange Gasse ein. In einem Schaufenster sieht er einen Eierbecher.

Die Wirtin tritt aus dem Restaurant. Ich kann dir ein Ei in 3 Minuten kochen. Für manche ist das 3-Minuten-Ei eine Delikatesse."

- „Vielleicht komme ich gern auf das Angebot zurück. Im Moment bin ich noch nicht hungrig."

- „Das Ei ist auch als kleine Zwischenmahlzeit gedacht", fügt sie mit verführerischem Unterton bei.

Golo wendet sich zum Gehen. „Daran werde ich denken."

Eine Gruppe bleibt stehen. „Hier gibt es ein feines 3-Minuten-Ei", sagt ein Mann.

Die Wirtin macht die Tür weit auf. „Ihr seid willkommen."

Die Gäste grüßen, gehen an Golo vorbei, treten ein. Er betrachtet ihre Köpfe von hinten, die Haarwirbel, die Nacken. Dann spaziert er die lange Gasse hinauf, kommt vor einen Garten. Darin steht eine Frau in einem rosafarbenen Kleid. „Gleich bekomme ich Besuch von vielen Kindern", berichtet sie, „das gefällt mir."

- „Bietest du ihnen etwas zu essen an?" nimmt Golo wunder.

Sie wiegt sich vom Fersenstand zum Zehenstand. „Essen und Trinken, eine Vielzahl von Spielmöglichkeiten, es ist an alles gedacht."

Fröhliche Stimmen erfüllen die Gasse. Die Kinder rufen Golo freundliche Grußworte zu, stürmen in den Garten.

Ein Weg führt aus der Gasse zu einem Aussichtspunkt hinauf. Der Fluss und das Tal lassen sich von der Höhe gut überblicken. Ein Mann stellt sich neben Golo. „Bevor die Menschen Dämme errichteten, hat der Fluss bei Hochwasser stets den unteren Teil der Stadt überschwemmt. Mal gehörte er dem Fluss, mal den Menschen. Es ist erstaunlich, mit wieviel zähem Willen sie die zerstörten Häuser immer wieder aufbauten. Die Dämme sichern die Unterstadt. Ich besitze dort ein Haus, werde es dir gern zeigen. Es hat 3 Geschosse. Die Wohnungen sind alle gleich groß und gleich gebaut."

Golo begleitet den Mann in die Unterstadt. Er öffnet ihm die Wohnung im Erdgeschoss. „Sie steht im Moment leer. Der Gang führt ins Bad, in die Küche, in den Wohnraum und die Zimmer. Schau dich ruhig um."

Golo lässt es bei einem kurzen Rundgang bewenden. „Danke für das Zeigen."

Er folgt dem Uferweg, sieht einen Jungen, der mit einer Katze im Gegenlicht spricht. Ihr Fell glänzt. Sie bekommt

Fühler und durchsichtig schimmernde Flügel, verwandelt sich in eine Biene, fliegt davon.

„Das macht sie jeden Tag", berichtet der Junge, „es ist ihr Spiel."

Die Biene fliegt einmal um Golo herum. Dann verwandelt sie sich in die Katze zurück, streicht um seine Beine.

Der Junge krümmt die Finger der rechten Hand. „Nun möchte sie, dass du sie streichelst."

Golo bückt sich, fährt mit der Hand über ihr weiches Fell. Die Katze schnurrt. Als er weitergeht, folgt sie ihm. Ein Eichhörnchen springt von Baum zu Baum, rennt an einem Stamm herunter, läuft nebenher. Ein Hase hoppelt über das Feld, gesellt sich dazu. Und so wandert Golo mit der Katze, dem Eichhörnchen und dem Hasen den Fluss entlang. In einer Biegung strudelt und kräuselt sich das Wasser. Die Katze und der Hase gehen Wasser trinken. Das Eichhörnchen klettert auf einen Nussbaum am Ufer. In seinem Schatten beraten 2 Bauern, wo Fußball gespielt werden soll. „Auf meiner Wiese hat es viel Platz", sagt ein Bauer.

Sein Nachbar findet: „Bei mir ist das Gelände flach, ideal für das Fußballfeld."

Ein Schiedsrichter tritt im schwarzen Dress auf. „Habt ihr euch entschieden?"

- „Wir sehen beide das Spiel auf der eigenen Wiese", teilt der Bauer mit.

„Jetzt musst du entscheiden", verlangt der Nachbar.

Der Schiedsrichter spielt mit der Trillerpfeife, sieht sich um. Sein Blick trifft Golo. „Auf welcher Wiese würdest du Fußball spielen?"

Golo reckt den Hals. „Am Fluss sind alle Wiesen flach. Ich würde die entfernte empfehlen, damit der Ball nicht allzu oft ins Wasser fällt."

Der Schiedsrichter stemmt die Hand in die Hüfte. „Jetzt fällt mir der Entscheid leicht. Ich wähle die entfernte."

Golo entschließt sich zu einer kleinen Wanderung. Sie beginnt in einer Allee alter Buchen. Im Fluss murmelt das Wasser leise über die ufernahen Steine. Golo steigt über mehrere Serpentinen durch den Wald zu einer Felsenquelle hinauf. Ihr Wasser ist kühl und frisch. Ein Bach windet sich durch die Felsen hinunter. Auf einer Brücke begegnet er einem Mann. Er gibt Golo ein Buch. „Das solltest du unbedingt lesen."

Golo liest den Titel, der aus einem lautmalerischen Fantasiewort besteht. Als er das Buch aufschlägt und das Inhaltsverzeichnis einsieht, fällt ihm auf, dass die Texte nach dem Alphabet geordnet sind. Alle Titel entstammen jedoch der seltsam klingenden Fantasiesprache.

„Welche Sprache ist das?" erkundigt er sich.

„Meine eigene", verkündet der Mann stolz.

Golo hebt die Augenbrauen. „Wer soll das Buch lesen und verstehen?"

Der Mann berührt ihn kurz am Ellenbogen. „Es ist für dich. Darum habe ich es dir angeboten." Er entfernt sich mit schnellen Schritten.

Auf der anderen Seite der Brücke steht eine Frau vor einer Staffelei, malt ihre Unterschrift mit schwungvollen Linien, die rund um die Schrift herum Gesichter andeuten. Sie legt den Pinsel ab, späht aufs Buch in Golos Hand. „Genau das habe ich überall gesucht. Leihst du es mir?"

Golo schenkt es ihr. „Du darfst es gern behalten."

Sie setzt sich aufs Brückengeländer, beginnt mit Lesen.

Golo schaut sich um, sieht ein Gebäude, das aus verschiedenen Hausteilen zusammengesetzt ist. Vorn ragt ein Quader aus Metall und Glas hervor, flankiert von einem ovalen, kapellenartigen Teil mit hohen Türen und einem Holzbau mit knallblau gestrichenen Türen und Wänden. Im Innern des Gebäudes befindet sich eine Buchhandlung. Golo tritt durch eine Kapellentür ein. Eine Frau kommt hinter dem Ladentisch hervor, fragt: „Hast du gern lebendige Bücher?"

Er öffnet den Mund. „Lebendige Bücher? Die würden mir sicher gefallen."

Sie legt ein Buch auf den Ladentisch. Der Einband ist mit Kritzeleien bemalt. „Schlag es auf!" ermuntert sie ihn.

Als er den Buchdeckel anhebt, quellen die Kritzeleien aus den Seiten hervor, wuchern zu riesigen Netzen bis zur hohen Decke aus. Rasch schließt er das Buch. Die Kritzeleien schrumpfen, verschwinden zwischen den Seiten. „Dieses Buch gebe ich lieber zurück", sagt Golo.

Beim Verlassen der Buchhandlung schlägt er einen Weg in den Wald ein. Dort hört er viele Papageien. Sie sitzen in den Ästen und plaudern vor sich hin. Ein Mann mahnt Golo. „Hier musst du besonders gut darauf achten, was du sagst. Die Papageien greifen es auf, und es schallt tausendfach aus den Bäumen."

Die Papageien verstummen. Einer ruft: „Bäumen." Die anderen fallen ein. Von allen Wipfeln klingt das Wort: „Bäumen! Bäumen!"

Golo staunt. „Das sind besondere Papageien." Schon

schreien die Vögel vielstimmig:

„Papageien! Papageien!"

„Offenbar ist es das letzte Wort, das sie aufgreifen", vermutet er.

„Aufgreifen!" schallt es aus den Bäumen.

Während er sich überlegt, was er als Nächstes vorsprechen könnte, geht er still weiter, kommt zu einem aus Baumstämmen gezimmerten Ausguck, klettert die Leiter hinauf, schaut in die Wipfel. Die Papageien fliegen auf. Der riesige Schwarm steigt wie eine bunte Wolke aus den Bäumen. Die Flügel rauschen. Sie stoßen schrille Schreie aus. Eine Frau tritt unter den Ausguck. „Warum hast du die Papageien aufgescheucht?"

Golo kommt herab. „Ich wollte sie bloß beobachten", erwidert er, „wenn ich gewusst hätte, dass ich sie damit verjage, wäre ich nicht hinaufgestiegen."

- „Du hättest mit ihnen reden sollen", erklärt sie, „dann sind sie neugierig und weniger scheu."

- „Scheu!" ruft ein junger kleiner Papagei, der nicht weggeflogen war.

Golo blickt sich um. „Es ist ein seltsamer Wald. Ich habe noch nie so viele Papageien aufs Mal gesehen."

Der Papagei fliegt zum Ausguck, schlägt die Flügel. „Gesehen!"

Federball

Im Bahnhofbuffet trifft Golo einen Verleger. Er sagt: „Gern veröffentliche ich ein Manuskript von dir. Hast du eines dabei?"

Golo legt es auf den Tisch. „Es sind Geschichten."

Der Verleger blättert darin, vertieft sich in eine Passage. „Der Ausschnitt gefällt mir."

Er steckt das Manuskript in die Mappe. „Ich habe mir angewöhnt, sofort zuzusagen, wenn mich ein Werk überzeugt."

- „Wie verbleiben wir?" möchte Golo wissen.

Der Verleger steht auf, klemmt die Mappe unter den Arm. „In wenigen Wochen ist es so weit. Das Buch kommt heraus."

Golo staunt: „Ist das gewiss?"

Der Verleger verlässt eilends das Buffet. „Gewiss und noch viel mehr."

Der Lautsprecher meldet die Einfahrt eines Zuges an. Golo schreitet ruhig aus dem Bahnhof, geht in ein Straßenrestaurant, schreibt ein Gedicht. Im Haus nebenan steht ein Mädchen am Fenster, schaut ihm zu, tritt auf den Balkon, fragt: „Was schreibst du?"

- „Ein Gedicht", antwortet er.

Das Mädchen stellt sich auf ein Bein. „Ich schreibe auch manchmal Gedichte."

- „Was kommt in deinen Gedichten vor?" erkundigt er sich.

Es hüpft aufs andere Bein. „Unsere Katze, der Regenbogen, das Einhorn."

Golo wandert durch die Stadt, kommt zu einem Platz, wo eine Gymnastikgruppe turnt. Die Leiterin fragt: „Machst du mit? Du bist auch in den Straßenkleidern willkommen." Golo rennt mit der Gruppe über den Platz, streckt sich, beugt sich, richtet sich auf, wie es die Leiterin vorturnt. Sie läuft voraus. Die Gruppe folgt, hält inne, wenn sie eine neue Übung vorzeigt. Die Leiterin wiegt sich in den Hüften. „In unserer Zeit", sagt sie zu Golo, „bewegen sich die Menschen zu wenig. Da ist es gut, wenn sie zum Ausgleich Gymnastik treiben." Sie hüpft auf dem rechten Bein. Die Gruppe übernimmt die Bewegung sofort. Sie dreht den Rumpf, schwenkt die Arme.

Auf dem Platanenplatz daneben probt eine Gruppe Sanitäter. Die Mitglieder legen sich gegenseitig Verbände an. „Im Ernstfall", erklärt der Leiter, „muss man gewappnet sein. Da muss jeder Handgriff sitzen." Golo schaut zu, geht dann weiter, begegnet einem Angestellten eines Versandgeschäfts. „Wir tragen Geschäftskleider, damit die Kunden sofort erkennen, woher und weshalb wir kommen." Er trägt ein Paket, eilt zu einer Haustür, drückt die Klingel. Eine Frau öffnet die Tür, nimmt es entgegen. Der Angestellte lässt sie auf dem Monitor seines iPhones unterschreiben. „Damit wäre der Empfang dann schon bestätigt", bemerkt er, verabschiedet sich freundlich und wendet sich zum Gehen.

Kinder sind mit einem Korbwagen unterwegs. „Wir machen den Einkauf", berichtet das Mädchen.

Der Junge fügt bei. „Er ist für das Mittagessen."

- „Was gibt es?" fragt Golo.

„Erdbeeren, Brot und Käse", erwidert das Mädchen, „die Mutter hat alles aufgeschrieben.

- „Damit wir nicht die Hälfte vergessen", ergänzt der Junge. Golo schlägt einen aus der Stadt herausführenden Kieselweg ein. Im Südhang steht ein Mann vor seinem Haus. „Auf der Ostseite bauten wir ein Zimmer an. Es hat einen separaten Eingang. Willst du es anschauen?" Er öffnet Golo die Glastür, lässt ihn eintreten. „Wir bauten es in den Hang."

Golo blickt sich um. „Der Raum ist sehr hell."

Der Mann macht beide Fenster auf. „Wir genießen eine schöne Sicht in den Garten und auf den Waldberg. Der Ausbau hat sich gelohnt."

- „Das finde ich auch", bestätigt Golo, setzt seinen Spaziergang fort.

Auf einer Anhöhe steht ein Mann vor einem leeren Buggy. Er fragt Golo: „Hast du meine Frau und meine Tochter gesehen?"

Golo schaut sich um. „Ich bin eben erst heraufgekommen."

- „Du wirst lachen. Für einen kurzen Moment war ich erschrocken, den leeren Buggy zu sehen", gesteht er.

Die Frau steht mit dem Kind in den Armen unter einer riesigen Eiche. Der urwüchsige Stamm und die Äste sind mit blühendem Efeu überwachsen. „Kommt! Hier hört ihr die Bienen summen, als wäre ein Volk ausgeschwärmt."

Der Mann und Golo treten näher. Das Kind strahlt und lächelt.

„Für mich", sagt die Frau, „ist die Eiche ein Friedensbaum. Sie trägt den Efeu, der mit seinem Nektar die Bienen ernährt. Sie befruchten seine Blüten. So sind alle füreinander da."

Der Mann berichtet: „Das ist mir auch noch nie passiert. Der leere Buggy hat mich für einen Augenblick verwirrt."

Sie lacht. „Das kann doch vorkommen! Wir leben fast untrennbar eng zusammen." Einladend fügt sie bei: „Gehen wir doch auf den Schrecken einen Tee trinken."

- „Danke für die Einladung", sagt Golo, „jetzt gerade mag ich noch nichts trinken, aber ein andermal fügt es sich bestimmt genau richtig."

Er lenkt seine Schritte zu einem Vorort, wo mehrere Häuser um eine kleine Bahnstation gruppiert sind. Dort rollt ein Mann einen roten Teppich aus. „Gleich findet ein Kleiderwettbewerb statt. Du kannst auch mitmachen. Sei es in der Jury, oder als Model, du bist herzlich willkommen."

- „Ich würde gern zuschauen", sagt Golo, „was wäre eine Modeschau ohne Zuschauer."

Eine Frau stellt einen Klappstuhl auf. Der Mann gibt ihr Zahlentafeln. „Willst du die Jury sein und Punkte verteilen?"

Die Frau setzt sich. „Das kann ich übernehmen."

Aus einem Kleidergeschäft treten Frauen in spitzenbesetzten Ballkleidern.

Der Mann bietet Golo einen Klappstuhl an. „Wenn dich plötzlich die Lust überkommt zu bewerten, schnappst du dir einfach ein paar Zahlentafeln."

Golo bleibt stehen, sieht zu, wie die Frauen über den Teppich schreiten.

Die Frau, welche die Jury spielt, gibt jeder die höchste Punktzahl. „Das haben alle zusammen und jede für sich allein verdient, finde ich."

Der Mann hält die Tür des Kleidergeschäfts offen. Die Models verschwinden. Nach einer kurzen Pause kehren sie in Glitzerkleidern wieder. Sie erhalten wiederum die maximale Punktzahl. Während sie sich mit einem Knicks bedanken, geht Golo zum Bahnhof.

Ein Trommler und eine Akkordeonspielerin bereiten sich auf den Auftritt vor. Der Trommler unterlegt das Spiel des Akkordeons mit einem Netz filigraner Rhythmen, bevor es anschwillt und ein paar eingängige, fast tangoartige Takte verlangt. Die Melodie greift ans Herz. Gegen Ende des Stücks steigert sich das Tempo. Der Schlussakkord klingt wieder überraschend ruhig. Golo klatscht. Der Trommler deutet mit dem Kopf eine leichte Verneigung an.

Zu Beginn des zweiten Stücks steigt die Leiterin der Gymnastikgruppe aus der Stadt herauf. Sie fordert Golo auf, ihre tanzartigen Bewegungen zu übernehmen und mitzuturnen. Die einzelnen Übungen enden jeweils mit einer Vierteldrehung des Körpers, sodass er sich nach 4 Übungen einmal um die eigene Achse gedreht hat. Golo bedankt sich für die Musik und die Anleitung zur Gymnastik.

„Das haben wir gerne getan", sagt der Trommler.

„Wir spielen für alle, die uns zuhören", fügt die Akkordeonspielerin bei.

Die Gymnastikleiterin schwingt die Arme. „Es freut mich, Übungen zu zeigen."

Golo wandert weiter. Der Weg führt einem eingewachsenen Schienenstrang entlang. Er endet bei einem Prellbock, der einem Mann als Rednerpult dient. Er legt sein

Manuskript auf den Bock, beginnt die Rede: „Es ist mir eine große Ehre, dass ihr mich eingeladen hat. Gerne trage ich euch ein paar Gedanken vor." Er stockt, hält inne. „Warum fährst du nicht fort?" fragt Golo.

„Es hört gar niemand zu", beklagt sich der Redner.

„Bin ich denn niemand?" wundert sich Golo, „ich bin doch gerade rechtzeitig zu Beginn der Rede eingetroffen."

- „Das stimmt", räumt der Redner ein, nimmt die Blätter vom Bock, büschelt sie. „Wie war ich?"

Golo staunt. „Ist deine Rede schon fertig?"

Der Redner wendet sich zum Gehen. „Ich könnte noch viel mehr sagen. Vorläufig hat es sein Bewenden." Er folgt dem Schienenstrang.

Golo schlägt den Weg ein, der den Hang eines Waldbergs erschließt. Er begegnet einer Wandergruppe.

„Hast du einen Mann mit einem roten Rucksack gesehen?" erkundigt sich eine Frau, „wir machten eine Pause. Er lief ein Stück weiter. Wir dachten, dass wir ihn schon einholen würden. Doch jetzt haben wir ihn aus den Augen verloren."

- „Leider habe ich keinen Mann mit einem Rucksack getroffen", bedauert Golo, „falls er sich blicken lässt, teile ich ihm gern mit, dass ihr ihn vermisst."

Sie zeigt ihm auf der Karte den Weg, den sie gehen. „Wenn er der Markierung folgt, kann er uns nicht verfehlen."

Golo versichert: „Das werde ich ihm gern ausrichten." Beim Weitergehen hält er Ausschau nach dem Mann mit dem roten Rucksack.

Am Fuß des Waldbergs gelangt er in eine Baumschule. Eine Frau führt ihn hindurch, weist auf die Baumstrünke. „Die alten Bäume haben wir abgeholzt, um Raum für die jungen zu schaffen."

Ein Mann tritt in die Baumschule. Er bringt 2 Federball-schläger. „Wem darf ich sie schenken?"

Die Frau weist auf Golo. „Das könnte etwas für dich sein."

Da er nicht sofort widerspricht, überreicht ihm der Mann die Schläger, wünscht ihm viel Vergnügen, bevor er sich rasch zurückzieht.

Die Frau gibt Golo einen Tipp. „Wenn du dem Weg folgst, findest du eine Lichtung. Dort stehen 2 Bäume. Du brauchst nur ein Netz zu spannen, und schon hast du einen Federballplatz."

Golo schwenkt die Schläger. „Kommst du mit? Wir könnten uns gemeinsam nach einem Netz umsehen."

Sie bedauert: „Vielleicht später. Ich habe noch in der Baumschule zu tun."

Er schlägt den Weg ein, der zur Lichtung führt. Unterwegs holt ihn eine Frau ein. Sie trägt ein Netz. „Soll ich es span-nen? Ich weiß einen guten Platz."

- „Möglicherweise meinen wir den gleichen Ort", vermutet er.

Der Wald mündet in einer Lichtung. In ihrer Mitte stehen 2 Buchen. Die Frau schlingt das Seil des Netzes um einen Stamm, spannt es zum anderen. Sie knotet es fest, prüft die Spannung und die Höhe. „Hast du einen Federball?"

Golo hebt die Schläger. „Alles wäre vorhanden. Das Netz, die Schläger. Uns fehlt nur der Federball."

Ein Mann erreicht die Lichtung. Er trägt einen großen Koffer, stellt ihn auf eine Felsenplatte, öffnet ihn. Auf dem roten Samtfutter liegt ein Federball. „Könnt ihr ihn brauchen?"

Die Frau nimmt ihn heraus. „Und wie!"
Der Mann klappt den Deckel zu. „Das freut mich."
Sie holt bei Golo einen Schläger. „Wer spielt?"
Der Mann ergreift den Koffer. „Ich schaue gern zu."
Die Frau schlägt den Ball übers Netz. „Beginnen wir?
Golo spielt ihn zurück. „Ich bin bereit."

Der Flug im Bassgeigenkoffer

Auf einer Felsenplatte im Wald sieht Golo einen geöffneten Laptop. Ein Mann steht daneben, fordert ihn auf: „Drücke eine beliebige Taste!"

- „Wenn du meinst", sagt Golo, tippt eine Taste an.

Eine Stimme lässt sich vernehmen: „Willkommen!"

- „Habe ich nicht einen freundlichen Laptop?" vergewissert sich der Mann.

Golo pflichtet ihm bei: „Niemand hindert dich daran, ihn so zu erleben."

Er geht weiter, trifft am Waldrand eine Frau. Sie mustert ihr altes Fahrrad. „Es ist alles in Ordnung." Sie geht darum herum, bückt sich. „Hinten sehe ich ein wenig Rost. Den werde ich behandeln." Dann schwingt sie sich auf den Sattel, radelt los.

Bei einer Haltestelle am Landsträßchen hört ein Mann mit einem Kopfhörer Musik. Er merkt auf. „Willst du sie auch hören?" Er schaltet das iPhone auf den Lautsprecher um, dreht die Lautstärke auf, wippt mit den Hüften. Golo bedankt sich, hört zu, bis das Stück zu Ende ist. „Solche Musik höre ich nicht alle Tage."

Nicht weit von der Haltestelle entfernt, bei einem Bauernhof, schmückt eine Frau einen Festwagen mit Blumen. Ein Mann spannt die Pferde an. „Willst du dich in den Wagen setzen?" fragt er.

Golo antwortet: „Ich bin lieber zu Fuß unterwegs."

Auf seinem Weg gelangt Golo vor ein Haus mit hellroter Fassade und einem Glasanbau. Darin befindet sich das Atelier einer Künstlerin, die ihren Körper von Kopf bis Fuß mit Lilien bemalt. „Jeden Tag", erzählt sie, „erfinde ich neue Motive. Dann gehe ich ins Dorf der Künstlerinnen und Künstler, inspiriere sie mit meiner Malerei. Begleitest du mich? Ich könnte dich auch bemalen."

- „Lieber nicht", erwidert er, „aber ich komme gern mit. Ich bin gespannt, was es in diesem Dorf alles zu sehen gibt."

Ein Zickzackweg führt durch den Wald hinauf. Auf der Dorfstraße stehen Staffeleien, Skulpturen aus Holz und Stein. Die Künstlerinnen und Künstler empfangen sie mit großem Hallo, scharen sich um sie. „Wir bewundern deine Bemalung", schwärmt eine Künstlerin.

- „Ich wollte schon immer ein Bild mit Lilien malen", fällt einem Künstler ein.

Die Körperkünstlerin stellt sich vor einer Skulptur in Pose. „Fotografiert mich und sendet mir die Bilder", regt sie an.

Quer durch die Landschaft zieht sich ein Wall, mit großen Steinen errichtet. Eine Tafel berichtet über seine Geschichte. Golo spaziert darüber. Auf der anderen Seite des Walls hebt ein Arbeiter einen Graben aus. „Es gibt eine Wasserleitung", erklärt er Golo.

Eine Frau kommt ihm entgegen. Sie ist 100 Jahre alt. „Ich freue mich über jeden Tag, den ich erleben darf." Sie ist sehr rüstig für ihr Alter, schreitet ohne Gehhilfen voran, will von Golo wissen, wo und wie er lebt.

„Ich bin viel zu Fuß unterwegs", antwortet er.

„Wenn du die Beine richtig bewegst, und auch sonst auf die Haltung achtest, ist das ein großes Plus im Alter", empfiehlt sie.

Er trifft einen Mann, der Menschen von einem anderen Planeten kennt. „Sie kommen nachts mit ihren Raumschiffen, landen nah bei meinem Haus auf der ebenen Wiese, klappen die Luke auf, steigen aus, unterhalten sich mit mir, verstehen und erkennen sofort unsere Sprache, können sie sprechen. Sie zeigen großes Interesse für das Leben, das ich führe. Du könntest bei mir bleiben. Ich lade dich zum Nachtessen ein. Dann kannst du sie heute Nacht kennenlernen."

Golo sagt: „Ich halte mich nirgends lange auf, möchte lieber weitergehen."

Im Wald, den er betritt, sieht er ein Taschenmesser auf dem Moosgrund. Für einen kurzen Moment zögert er. „Soll ich es behalten?" Dann legt er es gut sichtbar auf einen Stein. So könnte es die Person, die es verloren hat, vielleicht wieder finden.

Unter einem großen Baum spricht ihn eine Frau an. Sie gehört einer Organisation an, fragt Golo, ob er auch Mitglied werden möchte.

„Ich bin schon Mitglied einer Organisation. Ich gehöre allen Lebewesen dieses Planeten an", erwidert Golo.

Er kommt an einen Fluss. Felsen ragen am Ufer auf. Das Wasser glitzert im Sonnenlicht. Er zieht sich aus, geht schwimmen. Die Strömung ist stark, aber nicht reißend. Golo lässt sich treiben, schwimmt ans Ufer, läuft zu den Kleidern zurück. Auf einem Felsen lässt er sich an der Sonne trocknen. In der Nähe findet er ein Restaurant, setzt sich an den Tisch in einer Rosenlaube. Die Blüten duften. Der Wirt bietet das Wasser mit einer Rosenblüte versetzt an.

„Sie verleiht dem Wasser einen besonderen Geschmack. Und sie ist schön anzuschauen im Glas."

Beim Trinken schmeckt Golo die Rose. Gleichzeitig atmet er den Duft. Als er die Laube verlässt, wirkt die Erinnerung an den Geschmack und den Duft stark nach. Er geht aufrecht mit federnden Schritten und geschmeidigem Gang. Der Weg führt zu einem märchenhaften Schloss mit spitzen Ecktürmchen, Erkern, Stufengiebeln und Zinnen. Die Besitzerin lädt ihn zu einem Rundgang ein. „Es macht mir Freude, dir unsere Tiere zu zeigen." Zum Schloss gehört ein Bauernhof mit einer Kuhherde auf der Weide. Auf einem Pfosten sitzt eine getigerte Katze mit großen Augen. Sie springt herab, streicht Golo um die Beine. „Das musst du ganz besonders schätzen", sagt die Besitzerin, „sie ist sonst sehr scheu, flieht, wenn sich unbekannte Leute nähern."

Golo fragt: „Kann ich sie auch streicheln?"

Die Besitzerin hebt die Brauen. „Ich weiß nicht, ob sie das zulässt. Versuch es einmal! Vielleicht läuft sie davon."

Golo geht in die Hocke, streichelt sie. Die Katze schmiegt sich an ihn, schnurrt.

„Dir gelingt etwas außerordentlich Seltenes", wundert sich die Besitzerin, „so zutraulich ist sie fast nie."

Das Postauto fährt vor. Der Fahrer steigt aus. „Heute sammle ich Altpapier. Habt ihr alte Zeitungen, Zettel oder Notizen, die ihr gern loswerden möchtet?"

Die Katze stiebt davon. Die Besitzerin kramt ein altes Busticket aus der Tasche. „Das wollte ich schon lange abgeben."

Der Fahrer legt es auf eine Beige im Postauto. „Auch kleine

Beiträge sind wertvoll. Hauptsache, niemand wirft etwas unbedacht weg. Altpapier ist ein für mich ein wertvoller Rohstoff. Ich muss weiter." Er fährt davon.

Die Besitzerin winkt ihm nach. „Er ist sehr gewissenhaft."

Sie fährt auf dem Absatz herum. „Heute probiere ich ein ganz spezielles Fondue aus, nämlich mit einem Schuss Orangensaft. Darf ich dich einladen?"

- „Das klingt interessant", antwortet Golo, „aber ich möchte sehen, wie weit ich heute zu Fuß noch komme."

- „Heute ist ein schöner Tag zum Wandern", anerkennt sie, „da möchte ich dich nicht aufhalten. Aber vergiss nie: Bei mir gibt es das spezielle Fondue."

Golo dankt, geht um das Schloss herum. Eine Allee mit mächtigen Bäumen führt in einen Park, in welchem eine riesige Sonnenuhr angelegt ist. In ihrem Kreis läuft ein Mann von Stunde zu Stunde, zeichnet Bilder, die sich zu einer Geschichte fügen. Er malt so schnell, dass Golo kaum folgen kann. Das erste Bild zeigt einen Mann, der eine Fantasieuniform ablegt. Im zweiten Bild steigt er im lockeren Tenue in eine Badewanne. Sie steht neben dem Haus in der Wiese. Die Badewanne hebt im dritten Bild ab, fliegt mit dem Mann übers Haus. Über den Wolken ist er auf dem vierten Bild zu erkennen. Im nächsten Bild landet er auf einer Vogelinsel. Das sechste Bild wimmelt von Vögeln, die ihn und die Badewanne umschwärmen. Im Bild danach führt ihn ein Vogel mit buntem Gefieder zu einem Baum. Das achte Bild bringt ein Vogelnest auf einem Ast vor Augen. Im neunten Bild erweist sich der Mann als Vogelfreund. Ein junger Vogel fliegt auf seine Schulter. Das zehnte Bild lässt ihn mit dem Vogel zur Badewanne zurückkehren. Im elften Bild fliegt er zu seinem Haus zurück, wo der Vogel im letzten Bild von seiner Schulter abhebt. Der schnelle Zeichner deutet auf den Vogel. „Das ist die Geschichte, wie er in unser Land gekommen ist. Bei der nächsten Sonnenuhr zeichne ich die Fortsetzung, wie der Mann nochmals einen jungen Vogel von der Insel führt, diesmal ein Männchen. Das Weibchen und das Männchen paaren sich, und so wird der Vogel mit dem bunten Gefieder in unserem Lande heimisch."

Golo dankt ihm für die Geschichte. „Wo ist die andere Sonnenuhr?"

Der Zeichner weist auf eine kleine Anhöhe. „Wenn du willst, kannst du mich begleiten, dabei sein und erleben, wie ich die Fortsetzung gestalte."

Bevor sich Golo entscheiden kann, mischt sich eine Frau mit einem Korb und einem großen Kartonbogen ins Gespräch. „Darf ich dir zeigen, wie ich aus einem Bogen einen Kubus machen kann?"

- „Das erfordert bestimmt ein gutes räumliches Vorstellungsvermögen", vermutet Golo.

Während sich der schnelle Zeichner auf den Weg zur Anhöhe begibt, schneidet die Frau 4 Längsseiten und 2 Breitseiten mit zugehörigen Leimstreifen zu, faltet sie, streicht Leim auf die Streifen, stellt den Kubus auf einer Felsplatte zum Trocknen auf. Sie nimmt Farbstifte aus dem Korb, bietet sie Golo an. „Bemalen und beschriften wir den Kubus", schlägt sie vor.

Er erfindet eine eigene Schrift, deren Zeichen in Zeichnungen von Blumen und Schmetterlingen übergehen, die sich an den Rändern wieder in Zeichen verwandeln. Sie schreibt mathematische Formeln und Großbuchstaben. „Bringen wir den Kubus in die Galerie."

Sie packt die Farbstifte ein, schreitet voran. Der Weg streift den Wald. Bei einer Feuerstelle schichtet ein Mann Reisig. „Wollt ihr mir zuschauen?"

Golo bleibt stehen. „Was hast du vor?"

„Ich entfache ein Feuer. Über der Glut brate ich Würste und Fleischplätzchen."

Die Frau geht weiter. „Wir sehen uns in der Galerie."

Der Mann legt Astholz und Scheite an. Dann zündet er das Feuer an. Auf einem Teller bereitet er die Plätzchen und Würste vor. „Ich lade dich zum Essen ein."

Golo bedankt sich freundlich für die Einladung. „Ein andermal gerne. Ich möchte mir die Galerie ansehen."

Auf dem Weg trifft er ein Kind. Es hat eine eigene Sprache erfunden, spricht ihn an. Spontan erfindet er auch eine eigene Sprache. Eine lautmalerische Unterhaltung kommt in Gang. Zur Verwunderung der Passanten plaudern die beiden munter drauflos. Bei einer Badewanne am Wegesrand bleibt das Kind stehen. In nunmehr verständlicher Sprache sagt es: „Das ist eine Flugbadewanne. Probiere sie aus!"

Golo klettert in die Wanne. Sie hebt ab, fliegt mit ihm über den Wald. Zuerst sind die Wipfel zum Greifen nah. Dann gleiten sie unter der Wanne weg, die rasch an Höhe gewinnt. Nach einer weiten Schleife über den Waldberg kehrt sie zum Wegesrand zurück. Das Kind redet in seiner Fantasiesprache mit einer Frau. Sie trägt einen Bassgeigenkoffer, legt ihn auf den Weg, öffnet ihn. „Willst du ein paar Töne zupfen oder streichen?"

Das Kind wechselt in die Alltagssprache, zeigt auf Golo: „Darf er eine Runde im Koffer fliegen?"

Sie guckt Golo an. „Hast du Lust?"

- „In einem Koffer bin ich noch nie geflogen", erwidert er, „das wäre eine ganz neue Erfahrung."

Sie nimmt die Geige und den Bogen heraus, spielt ein paar Takte. Sogleich schwebt der Koffer in Höhe einer Sitzbank über dem Weg. Dann gibt sie Golo einen Wink. „Setz dich doch hinein."

Er nimmt im Koffer Platz. Sie spielt eine aufsteigende Melodie. Der Koffer gewinnt rasch an Höhe, trägt Golo über die Baumwipfel hinauf, fliegt immer höher, wo das Spiel der Bassgeige im Wind verklingt. Golo beugt sich leicht nach vorn, worauf der Koffer in einem langsamen Sinkflug hinuntergleitet, zur Landung ansetzt. Golo steigt aus.

Das Kind macht einen Luftsprung. „Du bist gut geflogen."

Der Esel

Sorgfältig blickt sich Golo auf den Spuren einer verlassenen Autobahn um. Ein Mann sprüht Graffiti an die Wände eines aufgegebenen Kraftwerks, entwirft eine eigene Schrift. Golo tritt näher. Auf eine Schafgarbe, die in einer Nische blüht, fliegt ein Admiral. Der Sprayer führt Golo durchs Gelände. „Es sind riesige Flächen. Nimm dir eine Dose oder eine Malkreide und fange an."

Eine Frau kommt hinzu. Sie lässt sich nicht zweimal bitten, beginnt großflächige Blumen zu sprayen. „Schon immer träumte ich von Blumen, die so groß sind, dass die Menschen daneben wie Bienen erscheinen."

Einmal will es der Zufall, dass beide zugleich nach derselben Spraydose greifen. „Nimm du sie zuerst", fordert sie der Sprayer auf.

„Nach dir", sagt sie, weicht einen Schritt zurück. „Was würdest du an meiner Stelle tun?" fragt sie Golo.

„Ich würde zugreifen", rät er, „du bist dazu ermuntert worden."

- „Das stimmt", sagt sie, nimmt kurzentschlossen die Dose, sprayt eine weitere Blume. „Was malst du?" möchte sie von Golo wissen.

Er wählt eine Kreide, zeichnet einen Schmetterling an die Wand.

Der Sprayer entwickelt die eigene Schrift weiter, während die Frau eine ganze Wand voll Blumen sprayt.

Golo legt die Kreide ab. „Nun würde ich gern eine Wiese mit Blumen und Schmetterlingen sehen."

Die Frau zeigt ihm einen Weg, der ins Grasland hineinführt. Golo geht bedächtig. Bienen summen um die Blüten der Witwenblume.

Vor einem Bauernhaus steht ein Mann. Auf dem Gartentisch liegt ein Plan ausgebreitet. „Das Bauernhaus muss einer Konstruktion aus Glas und Beton weichen", berichtet er, „was sagst du dazu?"

- „Wer ist auf die Idee gekommen, es abzureißen?" erkundigt sich Golo.

Der Mann tippt auf den Plan. „Das war ich. Wer will denn heutzutage noch in einem alten Bauernhaus leben?"

- „Du in dem Fall nicht", folgert Golo, „bestimmt hast du Gründe."

Der Mann deutet auf die Glasfassade. „Ich brauche viel Licht, hohe und helle Räume."

- „Dann ist es also entschieden", schließt Golo, „wann wird das Bauernhaus denn abgerissen?"

- „Morgen fangen wir an", erklärt er, „du bist im rechten Moment gekommen, um dich von ihm zu verabschieden."

- „Ich sehe es zum ersten, und wie es aussieht, zum letzten Mal", sagt Golo.

Hinter dem Bauernhaus führt ein Wiesenpfad zu einem Kloster. Das Hauptgebäude weist eine weiße Farbe auf. Ein Mädchen malt mit Kreide ein Einhorn darauf. Ein Junge kritzelt mit Stiften Strichmännchen. Ein Pater öffnet das Portal, bringt den Kindern einen Bogen Malpapier, breitet ihn auf einem runden Steintisch im Park aus. „Wenn ihr darauf malen wollt, wäre mir sehr geholfen." Er holt einen

Eimer Wasser und eine Bürste, fegt die Wand sauber.

Golo lobt ihn: „Du gehst sehr ruhig vor."

Der Pater erklärt: „Ich möchte, dass die Kinder eine positive Einstellung gewinnen."

Das Mädchen legt die Kreide auf den Steintisch, fragt Golo: „Kommst du mit? Wir gehen zur Küche."

Der Junge schiebt die Stifte neben die Kreide. „Wir gehen schauen, ob die Köchin da ist."

Sie schreiten durch den Park, stellen sich vor die Küche. Das Fenster fliegt auf. Eine Frau reicht den Kindern Kuchen. Sie ruft Golo zu: „Willst du auch ein Stück?"

Er fährt sich über den Bauch. „Das wäre mir im Moment zu viel."

Sie meint: „Es sind keine Riesenstücke, aber sie machen den Kindern Freude. Am liebsten würde ich Kochunterricht erteilen. Aber mir fehlt leider die Ausbildung."

Golo verlässt den Klosterpark. Auf dem Weg in die Stadt gesellt er sich zu vielen Menschen, die einem Fest zustreben. Er bewegt sich wie ein Tropfen in einem Strom. Es gibt Festwirtschaften, aber Golo hat noch keinen Hunger. Er geht an den Ständen vorbei, immer im Gedränge zahlloser Menschen, die fröhlich plaudern und lachen. An einem Stand führt eine Frau Akupunktur vor. Zu dem Zweck ruft sie die Zuschauenden auf, auf ihre kleine Bühne zu kommen. Golo schaut zu, wie sie geschickt die Nadeln in die Hand eines Manns steckt. Danach verteilt sie Kärtchen, nimmt Anmeldungen, Wünsche und Fragen entgegen. Durch eine Seitengasse findet Golo aus dem Gewimmel heraus, sieht eine getigerte Katze, die aus der Stadt zum Waldrand läuft. Er folgt ihr zu einem kleinen

Waldhaus, sagt sich: „Wo diese Katze wohnt, würde ich auch gern zu Hause sein."

Am oberen Waldsaum trifft Golo einen Mann. Er streckt ihm die geschlossenen Hände entgegen, den Handrücken gegen oben, zur Faust geballt. „In welcher Hand befindet sich die Goldmünze? Wenn du es errätst, darfst du sie behalten."

- „Du setzt eine Goldmünze aufs Spiel. Ist das nicht ein übertrieben hoher Einsatz?" gibt Golo zu bedenken.

„Fürs Spielen dünkt mich kein Einsatz hoch genug. Stell dir vor, es würde bloß um ein Fünfrappenstück oder um einen Zehner gehen. Da würdest du bestimmt nur mir zuliebe mitspielen. Du würdest gar kein Kribbeln verspüren", meint der Mann.

- „Trotzdem finde ich es übertrieben", beharrt Golo, weicht einen Schritt zurück.

Der Mann rückt näher. „Wähle einfach! Ist sie in der linken oder rechten Hand? Zeige darauf, tippe sie an oder sage es."

Golo atmet tief durch. „Du hast die Münze in der linken Hand."

Der Mann öffnet sie. „Wie hast du es erraten?" Er überreicht Golo die Münze. „Du hast gewonnen."

Golo dreht und wendet sie in seiner Hand. „Darf ich sie dir zurückgeben?"

Der Mann hebt abwehrend die Hände. „Niemals! Das wäre gegen die Regel."

Eine Frau trägt eine große Tennistasche, stößt dazu und erkundigt sich: „Was spielt ihr gerade?"

Der Mann deutet auf die Goldmünze: „Soeben hat er sie

gewonnen."

Die Frau berührt Golos Schulter mit der Fingerspitze. „Da gratuliere ich."

Golos Augen leuchten auf. „Darf ich dir Münze schenken?"

Sie steckt sie ein. „Nun schlage ich euch ein Spiel vor, bei dem wir in Bewegung kommen." Sie geht voran zum nahegelegenen Tennisplatz, nimmt einen Schläger aus der Tasche und gibt ihn Golo. „Zuerst spielen wir 2, bis uns ein Fehler passiert." Sie wendet sich an den Mann. „Dann kommst du ins Spiel." Mit dem zweiten Schläger und dem Ball stellt sie sich auf dem Feld auf, fragt Golo: „Bist du bereit?"

Er begibt sich in die andere Platzhälfte. „Wir können anfangen."

 - „Spielst du oft Tennis?" erkundigt sie sich, spielt den Ball übers Netz.

Golo schlägt ihn zurück. „Das ist das erste Mal."

Sie spielen fein aufeinander abgestimmt. Es unterläuft ihnen kein Fehler. Der Mann tigert am Rand des Feldes auf und ab. „Wann bin ich an der Reihe? Das kann ewig dauern."

- „Wir haben eben erst begonnen" beschwichtigt sie ihn.

Golo schlägt den Ball ins Netz. Wie vereinbart, übergibt er den Schläger dem Mann.

Als er sich zum Gehen wendet, ruft ihm die Frau zu: „Bleibe doch! Es gibt immer wieder einen Wechsel."

Der Mann beginnt mit einem kräftigen Aufschlag. Golo schaut den beiden eine Weile lang zu. „Euer Spiel läuft gut. Ich sehe mich um, was ringsumher geschieht."

Er lenkt seine Schritte stadteinwärts.

In einer Gasse bereiten 2 Chöre ein Mädchen und einen Jungen auf ein Duett vor. Der Mädchenchor übt mit dem Mädchen die Sopranstimme. Der Jungenchor singt mit dem Jungen die Altstimme. Die ganze Gasse widerhallt von den fröhlichen Kinderstimmen. Dann löst sich das Mädchen vom Chor und stellt sich auf den Rathausplatz neben dem Jungen auf. Sie singen im Duett das Lied. Die Leute bleiben stehen, freuen sich, klatschen, als die Kinder das Lied ausklingen lassen. Ein Mann hüpft aus einer Seitengasse, trägt singend und springend ein eigenes Lied vor, bringt die Leute gleichzeitig zum Lachen und Staunen. Eine Frau stellt einen Klappstuhl auf, lächelt die Leute an, verteilt ihnen Flugblätter und Süßigkeiten.

Golo findet einen neuen Weg, der aus der Stadt ins Grasland hinausführt. Eine Kuh grast außerhalb der umzäunten Weide. „Wie bist du herausgekommen?" fragt er. Die Kuh schaut auf. Ein Junge kommt gelaufen. „Wer hat das Tor offenstehen lassen?"

- „Das weiß ich nicht", antwortet Golo, „ich habe nur die Kuh außerhalb der Weide gesehen und sie gefragt, wie sie herauskam."

Der Junge belehrt ihn: „Ich frage sie nie. Ich sage ihr einfach, was sie tun soll."

Er stellt sich hinter die Kuh, ruft ein paar Laute, klatscht in die Hände. Sie dreht den Kopf, guckt ihn an. Er erhebt die Stimme, wird lauter: „Geh!"

Der Bauer stößt hinzu. Er tritt vor die Kuh, ruft: „Komm", geht voran. Die Kuh folgt ihm, während sie der Junge mit weiteren Lauten und Klatschen antreibt.

Als die Kuh auf die Weide zurückgekehrt ist, schließt der

Bauer das Tor. „Mein Junge versteht sich gut mit den Tieren."

Golo geht weiter, kommt zu einem Turm. Eine Frau fragt ihn: „Möchtest du die Glocke sehen?"

- „Ist sie nicht etwas zu laut?" erkundigt er sich.

Sie öffnet die Tür, lässt Golo eintreten. „Jetzt läutet sie nicht."

Er steigt die Treppen hoch. Die Frau folgt ihm. Oben angekommen, ermuntert sie ihn. „Bewege den Klöppel."

Er lässt ihn gegen die riesige Glocke schlagen. Der ganze Turm füllt sich mit einem warmen Klang. „Der Ton geht durch mich hindurch." Golo betrachtet das Räderwerk, das den Glockenstuhl umgibt. „Da werden viele Räder in Bewegung gesetzt, um die Glocke ins Schwingen zu bringen."

- „Es ist eine präzise Mechanik", bestätigt sie. Sie steigen die Treppe hinunter, verlassen den Turm.

Eine Katze geht leichtfüßig vorbei. „Ich schaue, wohin sie läuft", sagt Golo.

- „Ist gut", sagt die Frau, „bald wird die Glocke klingen. Dann ist es sehr zu empfehlen, etwas Abstand zu halten."

Die Katze biegt auf den Weg zu einem mehrgeschossigen Holzhaus ein. Dort verschwindet sie in der Hecke. Ein Mann tritt aus dem Haus. Sein Gesicht strahlt eine große Zufriedenheit aus. „In meinem Hotel sind alle Zimmer belegt. Für wann möchtest du buchen?"

- „Im Moment bin ich gar nicht auf ein Zimmer aus", erwidert Golo, „ich bin nur einer Katze gefolgt und zufällig vor dein Hotel geraten."

Er steigt in einen Wald ab, wo ein Mann Brennholz sammelt. „Ich nehme bloß eine kleine Menge mit. Einen Riesenhaufen könnte ich nicht tragen." Er geht mit Golo zu seinem Esel. „Er begleitet mich in den Wald. Aber ich mag ihm keine Last aufbürden. Viele Leute sagen: Setze den Esel ein. Er leistet gerne Arbeit. Woher wollen sie das wissen? Es genügt ja, wenn er mit mir kommen mag."

Die Eichhörnchen am See

Auf dem Weg aus dem Wald sieht Golo eine riesige Wurzel. Sie hat die Form eines Liegestuhls. Darunter entdeckt er eine Höhle. Im Innern leuchtet ein Licht. Golo geht hinein, gerät durch ein Zeitloch in eine ferne Zukunft. Die Menschen sprechen eine eigene Sprache, eine Art Singsang. Wenn sie sich nicht zu Fuß fortbewegen wollen, stellen sie sich auf eine Datenmatte, die sie in Sekundenschnelle fortträgt. So sind Ankommen und Abfliegen die Regel. Die Arbeiten verrichten Maschinen. Sie liefern ihre Produkte auf Datenmatten wie auf fliegenden Teppichen an. Die Menschen tragen Datenkleider, die laufend ihre Gesundheit überwachen, Yoga, Sport und Gymnastik vorschlagen, weshalb sie, während sie plaudern, dauernd in Bewegung sind. Golo sieht auch Menschen, die ihr Kind huckepack tragen. Oder das Kind ist in eine fliegende Datenmatte gewickelt und schwebt neben den Eltern einher. Die Menschen umschwärmen Golo, schalten ein Sprachmodul zu, das es ihnen erlaubt, ihn zu verstehen und sich mit ihm zu unterhalten. „Woher kommst du?" will eine Frau wissen, „wir geben dir eine Datenmatte und Datenkleider, damit du mithalten kannst." Golo sagt: „Ich möchte vorerst meinen Eigenraum wahren." Das Wort stiftet große Verwirrung. „Wozu brauchst du einen Eigenraum?" fragt ein Mann, „du möchtest gewiss alles mit uns teilen."

- „Das möchte ich schon", räumt Golo ein, „aber ich will daneben auch noch für mich sein."

Die Frau mustert ihn aus großen Augen. „Für sich sein? Was ist das? Wir sind alle miteinander verbunden und vernetzt."

- „Das stimmt", räumt Golo ein, „doch in gewisser Weise gibt es eine Unabhängigkeit, die ich nicht gern preisgeben möchte."

Unabhängigkeit ist ein weiteres Wort, das ihr Sprachmodul nur mit Umschreibungen übersetzen kann. „Wir", sagt der Mann nach einem kurzen Blick auf seinen Datenärmel, „bieten dir eine bequeme Datenmatte an." Sie kommt angeflogen, hat die Form eines Liegestuhls. Golo legt sich darauf, schläft sofort ein.

Als er aufwacht, liegt er auf der Wurzel über der Höhle. Er räkelt sich, reckt und streckt sich, geht vorsichtig die Höhle erkunden. Kein Licht brennt darin. Sie birgt auch kein Loch, in das er fallen könnte. „Ich muss die ferne Zukunft wohl geträumt haben", vermutet er.

Golo verlässt den Wald auf der Höhe eines kleinen Passüberganges, trifft ein Mädchen. Es wird von einer Frau begleitet. „Seine Mutter ist am Arbeiten", berichtet sie, „darum ist das Mädchen heute bei mir."

Das Mädchen beschäftigt sich mit der Frage, ob das Christkind an Weihnachten im Stress ist. „Überall machen die Menschen Krippen bereit. Da muss es ja gewaltig pressieren, um an allen Orten dabei zu sein."

Die Frau blickt Golo fragend an. „Was sagst du dazu?"

Golo sucht nach einer Antwort. „Wenn es für die Menschen stimmt, legen sie eine kleine Puppe in die Krippe."

- „Kann die Puppe Wünsche erfüllen?" will das Mädchen wissen.

„Da springen dann selbstverständlich die Eltern, die Großeltern und andere Verwandte ein. Bereitest du nicht auch Weihnachtsgeschenke vor?" erkundigt sich die Frau. „Jetzt ist es noch zu früh", findet das Mädchen, „aber wenn es dann so weit ist, sammle ich Ideen, bastle und zeichne. Ich möchte allen eine Freude machen." Dann kommt das Mädchen auf etwas ganz anderes zu sprechen. Es berichtet, wie es Namen herausfindet. „Wenn 3 Mädchen zusammen ankommen und ich weiß, sie heißen Fanja, Livia und Alina, so kann ich herausfinden, wie das dritte heißt, wenn 2 schon mit Namen angesprochen worden sind. Kommen Livia und Alina nämlich zuerst und werden gleich so begrüßt, ist mir sofort klar: das dritte Mädchen heißt Fanja."

- „Das schätzt sie sicher, wenn du sie bereits beim ersten Mal mit dem Namen ansprichst", meint Golo.

Das Mädchen geht mit der Frau weiter. „Das haben alle gern", ruft es über die Schulter zurück.

Golo blickt ihnen nach. Ihm fällt der beschwingte Gang des Mädchens auf. Er spaziert den Waldrand entlang, gerät vor ein Haus, an dessen Südfassade bodentiefe Fenster eingelassen sind.

Ein Mann winkt Golo zu sich heran. „Diese Fenster bringen mich dem Garten näher. Im Erdgeschoss sehe ich, wie Thymian und Schafgarbe blühen, die Rosensträucher nach oben ranken und vor dem oberen Fenster blühen. So bin ich auch im Haus immer in Kontakt mit den Blumen."

- „Dann hast du eine schöne Aussicht", anerkennt Golo.

Vom Haus führt ein Weg in die Stadt hinunter. In den Gassen und auf den Plätzen tummeln sich Menschen um bunte Marktstände. Bilder, Skulpturen und Kunsthandwerk sind angeboten. Vor einem Stand mit farbenfrohen Karten bleibt Golo stehen. Eine Frau ordnet sie in einen Drehständer ein. „Ich male die Karten selber. Sie lassen sich gut verkaufen. Der Kunstmarkt ist für mich ein Glücksfall. Vom Erlös kaufe ich mir Farben und leere Karten, und der Kreislauf kann von vorn beginnen."

Durch eine Seitengasse gelangt Golo in einen kleinen Park. Dort sitzt ein Junge an einem Steintisch. Vor ihm liegt ein Malblock. „Ich nehme immer zuerst das Lineal und zeichne Gitternetzlinien", erzählt er und legt das hölzerne Lineal aufs Blatt. Sorgfältig zieht er mit dem Bleistift die Linien. Dann skizziert er mit wenigen Strichen ein Mädchen. Es taucht einen Seifenblasenring in ein Glas.

Er lehnt zurück, guckt Golo an. „Willst du auch zeichnen?" In dem Augenblick kommt ein Mädchen in den Park, betrachtet aufmerksam die Zeichnung. „Was macht das Mädchen?"

Der Junge erklärt: „Es tunkt den Ring ins Seifenwasser."

- „Das gefällt mir", sagt es, macht auf dem Absatz kehrt, „ich bin gleich wieder bei euch." Es läuft davon, kehrt mit einer Büchse Seifenwasser und einem Ring zurück. „Ihr werdet staunen. Damit kann ich Riesenblasen machen."

Es schwenkt den Ring in der Büchse, zieht ihn heraus, führt ihn zum gespitzten Mund, bläst achtsam, dass die Blase stetig wächst und nicht zerplatzt. Bald ist sie so groß wie der Junge, bald wächst sie Golo über den Kopf. Langsam zieht das Mädchen den Ring zurück, lässt die Seifenblase schweben, wendet sich an Golo: „Du kannst einsteigen, wenn du willst."

Er wundert sich. „In die Seifenblase? Platzt sie nicht, wenn ich sie berühre?"

„Probiere es doch aus", ermuntert ihn das Mädchen.

Sorgfältig streckt Golo den Zeigefinger nach der Blase aus. Sie schillert in allen Farben. Er stößt in die Seifenhaut. Sein Finger geht hindurch, ohne dass sie platzt. Er kann auch die Hand hineinbewegen, den ganzen Arm. Mit einem entschlossenen Schritt betritt er die Blase, die sich hinter ihm schließt. Seine Füße werden getragen. Langsam hebt sie ab. Golo schwebt in der Blase über die Parkbäume empor. „Wie kann ich steuern?"

Das Mädchen ruft ihm zu: „Lass sie einfach fliegen!"

Die Blase trägt ihn über die eng aneinander geschmiegten Giebel der Altstadt. Wie farbige Segel sehen die Marktstände von oben aus, und die Menschen, die sich in den Gassen und auf den Plätzen darum scharen, erscheinen immer kleiner. Der Horizont wird weit. Waldberge verblauen in der Ferne. In einem weiten Bogen gleitet die Seifenblase zur Altstadt, führt Golo sicher über die Giebel und Wipfel in den Park zurück. Beim Steintisch bleibt sie dicht über dem Boden schweben. Golo streckt die Arme aus, seine Hände dringen durch. Mit einem Sprung verlässt er die Seifenblase. Sie platzt. Die Tropfen sprühen. Golo fährt sich mit dem Ärmel über die Stirn. „War diese Bewegung zu heftig?"

Das Mädchen winkt ab. „Du kannst bei einer Seifenblase nichts falsch machen."

Es bläst eine neue, steigt ein und fliegt davon.

Der Junge schaut genau zu, bereitet auf der nächsten Seite im Malblock Gitternetzlinien vor. Dann trägt er das Mädchen und die Seifenblase ein. „Etwas zu zeichnen gibt es immer."

Golo lobt ihn: „Und es gelingt dir auch gut."

Beim Verlassen des Parks trifft er einen Mann, der eine großformatige Leinwand auf einen Keilrahmen gespannt und an eine Mauer gelehnt hat. Er steht mit einem Pinsel und einem Farbeimer daneben. „Ich suche jemand, der seine Unterschrift über die ganze Fläche malt. Wagst du es?"

- „Warum willst du eine fremde Unterschrift", fragt Golo, „hast du nicht Lust, deine eigene ins Große zu setzen?"

Der Mann reicht ihm den Pinsel. „Meine Idee war von Anfang an, es irgendwem zu überlassen, der sich getraut."

Golo taucht den Pinsel in den Farbeimer, malt seine Unterschrift über das ganze Bild. „Hast du sie dir so vorgestellt?"

Der Mann strahlt vor Freude. „Die Vorbereitung hat sich gelohnt." Er nimmt Golo den Pinsel ab. „Deine Unterschrift gefällt mir. Nun kann ich die Farbe trocknen lassen und das Bild bei mir zu Hause aufhängen."

Golo meint: „Du hast eine ganz neue Art gefunden, ein Bild zu gewinnen."

Er wendet sich zum Gehen, schlägt den Weg zu einem nahegelegenen Waldstück ein. Die Zweige fächeln im Wind. Eine Frau sitzt auf einem langen Baumstamm, der auf dem Waldboden liegt. „Magst du darüber balancieren?"

Golo hüpft auf den Stamm. „Das scheint mir eine leichte Übung zu sein." Achtsam schreitet er darüber. Die Frau steht auf. „Du hast ein wunderbares Gleichgewichtsgefühl."

Golo erwidert: „Hast du es auch schon selber versucht?"

Sie stellt sich auf den Stamm. „Bis jetzt noch nicht. Ich sagte mir: Wenn es jemand schafft, probiere ich es auch."

- „Das Gleichgewichtsgefühl ist ein großartiges Geschenk", räumt er ein, „ich möchte es nicht kleinreden. Aber diese Übung fiel mir leicht."

Schritt für Schritt geht die Frau über den Baumstamm, breitet die Arme wie eine Seiltänzerin aus. „Du hast recht. Es ist wirklich eine einfache Übung. Manchmal muss man nur zuschauen können. Dann geht es wie von selber." Sie springt vom Stamm, geht weich in die Knie, um den Sprung abzufedern. „Ich freue mich. Das Balancieren ist gelungen. Darf ich dir mein selbststeuerndes Auto zeigen?"

Golo begleitet sie zum Waldrand, wo ein Auto ohne Steuerrad parkiert steht. Sie steigt ein, gibt dem Auto das Fahrziel ein: „Fahre mich nach Hause!" Das Auto setzt sich in Bewegung, fährt, wie von Geisterhand bewegt, mit ihr davon.

Golo spaziert um das Waldstück herum, entdeckt einen kleinen Badesee. Er steigt zum Ufer hinunter. Das Wasser strahlt türkisblau. Ein Junge und ein Mädchen jagen sich. Sie tragen ein Eichhörnchenkostüm. Das Mädchen schlägt die Hand auf den Rücken des Knaben. „Ich habe dich." Er kehrt sich blitzschnell um, versucht sie mit der Hand zu treffen. Sie rennt um Golo herum. „Bist du auch dabei? Wir spielen Fangen." Sie deutet auf den Jungen. „Er fängt." Golo spurtet los. Der Junge setzt ihm nach. In der Enge zwischen den Bäumen und dem Wasser kann

Golo nicht mehr ausweichen und es gelingt dem Jungen, ihn mit einem Handschlag zu erwischen. „Nun musst du uns fangen", gibt er bekannt. Golo rennt den Kindern hinterher. Sie springen über die Wurzeln, huschen um die Bäume. Schließlich fängt er das Mädchen, das mit einem Ausfallschritt sogleich den Jungen trifft. So muss er sich wieder ins Fangen schicken. Als sie beinahe außer Atem am Ufer tollen, nähert sich eine Frau. „Ihr bringt mich auf eine gute Idee, wie ich für den Badesee werben könnte. Noch liegt er still da und wird nur wenig besucht. Wie wäre es, wenn ich einen Film machen würde mit dem Titel ‚Wo die Eichhörnchen mit den Gästen Fangen spielen'?"

Das Mädchen hat eine andere Idee. „Die Gäste könnten den Eichhörnchen Nüsse bringen."

Der Junge schlägt vor: „Für die Gäste gäbe es Zaubernüsse. Wenn man sie öffnet, ist ein kleines Geschenk darin. Die Nüsse wären allerdings gut versteckt, und die Eichhörnchen würden helfen, sie zu finden."

Das Mädchen berührt den Jungen am Unterarm. „Spielen wir weiter! Du bist es, der uns fangen muss." Sie läuft davon. Der Junge rennt hinterher.

Neue Kleider

Golo studiert die geschmeidigen Bewegungen einer getigerten Katze, wie sie sich auf die unterzogenen Beine legt, die Augen schließt, beim Aufstehen streckt und dehnt, einem plötzlichen Impuls folgt, schnell rennt, innehält, entspannt. Dies zu sehen, bereitet ihm Vergnügen. Er geht den Waldsaum entlang, wo er sie sonst antrifft. Sie bleibt jedoch verschwunden. Auch im Hang, der mit einem Fleckenteppich von Feldern übersät ist, trifft er sie nicht an. Schließlich entdeckt er sie bei der Hecke, wo sie schnuppernd und witternd von Strauch zu Strauch streift. Sie verweilt bei der Wurzel einer dickstämmigen Buche, tigert zu Golo, streicht ihm um die Beine, schnurrt. Als er sich bückt, um sie zu streicheln, findet er einen Schlüssel im Gras. Er geht zum Haus, das in der Nähe steht, klopft an. Die Katze schaut ihm nach.

Ein Mann öffnet die Tür. „Ich bin ganz aufgeregt. Ich habe meinen Schlüssel verlegt oder gar verloren. Ich kann ihn schlicht nicht mehr finden."

Golo legt ihn vor. „Ich fand ihn im Gras."

Die Augen des Mannes leuchten auf. „Jetzt bin ich erleichtert. Das ist der Schlüssel!"

Nachdem sich Golo verabschiedet hat, kehrt er ins Grasland zurück, blickt sich um. Die Katze richtet sich auf, legt sich zur Seite, wallt sich wohlig auf dem Rücken, läuft dann auf dem Wiesenweg voraus, dreht die Ohren nach hinten, lauscht, ob Golo folgt. Er geht gemächlich hinterher, muss immer wieder innehalten, wenn sie sich ihm vor die Füße wirft, um gestreichelt zu werden.

Im Wald geht die Katze eigene Wege, und Golo geht zu einem riesigen Schreibtisch voller Notizen. Er setzt sich, sieht die Beigen durch. Es handelt sich um Ideen zu Geschichten, die alle noch nicht aufgeschrieben sind. Pläne für ganze Geschichtenbände sind dabei. Sorgfältig schichtet er die Blätter um, beginnt mit dem Sortieren. Zunächst wählt er Geschichten aus, die er sofort aufschreiben will, legt sie an einen Haufen. Er ist so sehr mit der Auswahl beschäftigt, dass er eine Frau gar nicht kommen sieht. „Brauchst du Hilfe?"

Er schaut auf. „Ich versuche, eine Reihe zu bilden. Ganz vorne sollen Geschichten sein, die ich schon lange erzählen wollte. In der Mitte wären Geschichten, für die ich mir noch etwas Zeit lassen kann. Ganz hinten sehe ich Texte, die besser gelingen, wenn sie noch eine Weile ruhen."

- „Woran erkennst du, zu welcher Gruppe die Geschichten gehören?" fragt sie.

„Die vordringlichen Geschichten lösen ein leichtes Kribbeln in den Händen aus, sobald ich das Blatt in die Hand nehme", erklärt er.

Sie geht um den Tisch herum. „Vielleicht kann ich dir helfen, die sortierten Notizen aus dem Wald unter ein Dach zu bringen."

Golo erhebt sich. „Das wäre allerdings eine ganz große Hilfe."

Ein Mann schiebt einen Handwagen. „Leider ist er leer. Ich würde gerne etwas einladen und an einen gewünschten

Ort führen."

Die Frau weist auf die Notizen. „Beginne mit der hintersten Beige."

Er legt die Blätter in seinen Wagen. „Wohin soll ich sie bringen?"

Golo geht voran. „Wir lagern sie im Waldhaus ein."

Ein Weg führt zu einem Holzhaus unter hohen Bäumen. Gemeinsam tragen sie die Notizen hinein. Die Frau und der Mann verabschieden sich.

„Melde dich bei mir, wenn du wieder Hilfe brauchst", sagt die Frau und gibt ihm die Telefonnummer.

Golo dankt. Er lenkt seine Schritte zu einem Waldberg, auf dessen Höhe ein Aussichtsturm steht. Eine Gruppe Kinder und eine Lehrerin suchen ein Mädchen und einen Jungen, rufen, schwärmen aus, können sie einfach nicht finden.

„Sind sie denn nicht auf dem Turm?" erkundigt sich Golo. Die Lehrerin antwortet: „Dort haben wir zuerst gesucht, sie jedoch nicht gesehen."

Golo steigt die Treppe hinauf, findet die beiden Kinder. „Wie kommt es, dass sie euch nicht entdeckt haben?"

Sie zeigen ihm eine Nische im Treppenhaus. „Da haben wir uns hineingeduckt und gewartet, bis alle den Turm verlassen haben", berichtet das Mädchen.

„Seither", fährt der Junge fort, „sitzen wir da oben und schauen zu, wie man uns sucht."

Golo gibt zu bedenken: „Die Kinder und die Lehrerin sind sehr besorgt. Wollt ihr euch nicht zu erkennen geben?"

Das Mädchen späht hinunter. „Noch nicht. Wir möchten unser Versteck noch etwas auskosten."

Der Junge fügt bei. „Uns macht es eben Spaß."

Golo denkt nach, rät: „Ihr könntet ja hinuntergehen und ein Versteckspiel vorschlagen. Dann wissen alle, dass ihr spielen wollt und vermissen euch nicht mehr."

Das Mädchen betont: „Für uns ist das eben ein Spiel."

Die Stimme der Lehrerin lässt sich vernehmen: „Hast du sie gefunden?"

Golo fragt: „Was würdet ihr an meiner Stelle antworten?"

Der Junge flüstert: „Geh einfach wieder hinunter und sage nichts."

Bevor Golo zur Brüstung geht, verspricht er: „Ich versuche eine mittlere Antwort zu geben."

Er ruft der Lehrerin zu: „Ich brauche etwas Zeit."

- „Wozu denn?" wundert sie sich.

Das Mädchen legt den Finger auf die Lippen. „Sage nichts!"

„Wir melden uns dann schon selber", versichert der Junge.

Doch Golo gibt der Lehrerin Auskunft. „Wir müssen ein Missverständnis klären."

Dann setzt er sich zum Mädchen und dem Jungen. „Ich kann nicht dergleichen tun, als würde ich euch nicht gefunden haben."

Die Kinder unten mögen nicht länger warten. Sie stürmen die Treppe hoch, entdecken die beiden. „Da seid ihr!" ruft ein Mädchen, läuft zur Brüstung, „sie sind doch auf dem Turm!"

Die Lehrerin atmet auf. „Kommt jetzt alle hinunter! Wir besprechen es."

Während die Kinder hinuntereilen, betrachtet Golo die Waldberge ringsum. Dann steigt er die Treppe hinunter.

Die Lehrerin dankt ihm, dass er geholfen hat, die beiden

Kinder zu finden. „Das war sehr freundlich." Sie wendet sich den Kindern zu. „Wenn wir Verstecken spielen, machen wir zuerst die Regeln ab."

Vom Waldberg führt ein Weg in die Altstadt hinunter. Vor dem Tor hat sich ein Chor versammelt. Ein Mann fragt Golo: „Möchtest du dirigieren?"

Bevor er antworten kann, gibt ihm eine Frau ein Taktstöcklein. „Vielleicht kannst du es brauchen."

Schnell stellt der Mann einen Notenständer vor ihn hin. „Und das sind die Noten."

Golo legt das Stöcklein auf den Ständer, blickt die Noten durch.

Die Frau reicht ihm eine Stimmgabel. Golo schlägt sie an, hört den Ton, guckt auf die Noten des ersten Liedes, summt den einzelnen Stimmen den Anfangston vor. Er hält die Hände hoch, gibt dann den Einsatz. Mit kleinen, aber bestimmten Bewegungen leitet er den Chor. Das Lied klingt gut. Der Chor fühlt sich sicher. Nach dem Verklingen des letzten Tons sagt die Frau: „Nun können wir in die Stadt hineingehen und einen Auftritt wagen."

Der Mann trägt den Notenständer zum Rathausplatz, stellt ihn hin. Er blättert die Noten um. „Jetzt kommt das zweite Lied."

Wiederum summt Golo den Stimmen den Anfangston vor, hebt die Hände, dirigiert. Die Menschen, geschäftig mit den Einkaufswagen und Taschen unterwegs, halten inne, kommen näher, klatschen, als das Lied verhallt ist.

„Noch ein Lied!" bittet eine Frau. „Noch eines! Es war wunderbar!" rufen die Stimmen durcheinander.

Golo schlägt die Seiten um. Die Noten, der Bass des dritten

Lieds scheinen sehr anspruchsvoll zu sein. Ruhig summt Golo den Anfangston für die einzelnen Stimmen, bewegt die Hände und Arme nur spärlich, aber sehr präzis. Das Lied weist schnelle Passagen auf, die der Chor gekonnt vorträgt. Beim Verklingen des Schlussakkords setzt ein langer, nicht enden wollender Applaus ein.

Golo weist auf die Chormitglieder. „Ihr habt den Beifall verdient."

Ein Mann löst sich aus dem Publikum, schenkt Golo einen Gutschein. „Er ist für dich."

Die Leute klatschen. Golo meint: „Wer hat die Lieder mit dem Chor eingeübt? Der sollte eigentlich die Belohnung bekommen."

- „Heute", widerspricht der Mann, „hast du den Chor geleitet, und darum gehört der Gutschein dir."

Die Mitglieder des Chors drücken Golo die Hand und danken ihm.

Er studiert den Gutschein. Die Adresse eines Kurhauses über der Stadt ist mit zierlichen Buchstaben hervorgehoben. Er geht zu Fuß hin, erkundigt sich beim Eingang. „Kann ich hier den Gutschein einlösen?"

Eine Frau nimmt ihn entgegen, holt einen Liegestuhl, stellt ihn auf die Wiesenterrasse. „Möchtest du zuerst relaxen oder essen?"

Golo entscheidet sich. „Zuerst würde ich gern essen."

Sie führt ihn zum Gartenrestaurant auf der Westseite der Wiesenterrasse, rückt einen Stuhl. Er setzt sich an einen runden Tisch.

„Ich bin gleich zurück", versichert sie, eilt in die Küche und kehrt mit einem Teller voll Erdbeeren zurück. „Sie sind frisch aus unserem Garten."

Golo lässt sie sich schmecken. Dann geht er zum bereitgestellten Liegestuhl, legt sich hin, lässt den Blick über die umliegenden Waldberge schweifen und entspannt sich.

Ein Mann mit einem Rucksack und einem Gitarrenkoffer tritt auf die Wiesenterrasse, stellt den Koffer ab, nimmt eine Mundorgel und einen Nackenbügel aus dem Rucksack. „Damit kann ich die Mundorgel einspannen." Er führt es Golo gleich vor. „Den Bügel lege ich über den Nacken. Jetzt habe ich beide Hände frei, kann gleichzeitig Gitarre und Mundorgel spielen. Willst du es einmal versuchen?"

Mit einem Ruck richtet sich Golo auf, setzt sich an den Rand des Liegestuhls. Schwungvoll gibt ihm der Mann den Bügel mit der eingespannten Mundorgel. Golo legt ihn sich über den Nacken, richtet die Mundorgel vor dem Mund ein, spielt ein paar Töne. Rasch klappt der Mann den Koffer auf, reicht ihm die Gitarre. Golo beginnt zu spielen. Zuerst greift er ein paar Akkorde, setzt dann mit der Mundorgel ein, spielt eine Melodie, die er mit der Gitarre begleitet.

Der Mann lobt das Spiel. „Das hört sich an, als hättest du schon oft beide Instrumente zusammengespielt."

Golo zieht den Nackenbügel ab, gibt ihn dem Mann zurück. „Früher spielte ich beide Instrumente." Dann steht er auf, legt die Gitarre in den Koffer. „Es ist eine Weile her."

Behutsam schiebt der Mann die Mundorgel in den Rucksack zurück. „Gerne hätte ich noch mehr von dir gehört. Du hast eine ganz eigene Weise, die Mundorgel zu spielen."

- „Danke, dass du mir die Instrumente zur Verfügung gestellt hast", sagt Golo und wendet sich zum Gehen. Er verlässt die Terrasse, schlägt den Weg in die Stadt ein.

Vor einem Kleidergeschäft spricht ihn eine Frau an. „Bei mir hast du die Möglichkeit, dich von Kopf bis Fuß, neu einzukleiden."

Golo wundert sich. „Weshalb sollte ich das tun?"

- „Das gibt dir ein neues Lebensgefühl", verspricht die Frau. Sie führt ihn in den Laden, sucht ihm Jeans, Jacke, Weste, sowie ein Shirt, Unterwäsche und Socken aus, die den Kleidern, die Golo trägt, am ähnlichsten sehen. Dann schlägt sie den Vorhang zur Umkleidekabine zurück. „Ich bin sicher, dass dir alles passt."

Golo zieht sich in der Kabine um, zeigt sich in den neuen Kleidern, tritt vor den Spiegel. „Wie sehe ich aus?"

Sie geht um ihn herum. „Man würde meinen, du würdest diese Kleider schon ewig lange tragen, so gut sitzen sie. Und dabei sind sie neu." Mit einem strahlenden Lächeln geht sie voran. „Ich begleite dich zur Tür."

Golo tritt ins Freie, dehnt und streckt sich in den neuen Kleidern.

Das Katzenalbum

Beim Aussichtspunkt auf dem Rücken eines Waldbergs sieht sich Golo um. Er genießt den beeindruckenden Ausblick, bevor eine Fotografin und ein Journalist eintreffen. „Es ist eine gute Idee, das Interview hier oben zu machen", findet die Fotografin, geht gleich um Golo herum, blickt auf den Bildschirm der Kamera.

Der Journalist setzt sich auf die Aussichtsbank, stellt Golo die Frage: „Ist es eine große Herausforderung, immer etwas Neues zu kreieren oder fällt es dir leicht?"

- „Ich achte nicht so sehr darauf, ob etwas neu ist", gesteht Golo, „wenn sich ein Thema andrängt, suche ich die passende Form. Das kann ein Gedicht sein, eine Kurzgeschichte oder ein Roman."

- „Was?" wundert sich der Journalist, „du würdest einen ganzen Roman schreiben, bloß weil sich ein Thema andrängt?"

- „Das habe ich schon mehrmals aus dem immer gleichen Grund gemacht", berichtet Golo, „ein Thema drängte sich an, ließ mir keine Ruhe, bis der Roman stand."

Die Fotografin erkundigt sich: „Es stört dich doch hoffentlich nicht, wenn ich um dich herumschleiche, immer auf der Lauer nach dem besten Bild."

Golo dreht sich nach ihr um. „Das ist für mich schon in Ordnung. Sicher willst du auch die Waldberge ringsum ins Bild bekommen. Ich könnte mich auch woanders hinstellen. Sag mir einfach, wo."

Der Journalist trägt die nächste Frage vor: „Mich würde interessieren, wie es sich anfühlt, Autor zu sein. Bist du bedrängt oder fühlst du dich ganz frei beim Schreiben?"

- „Es gefällt mir, wenn sich die Wörter einfinden", antwortet Golo, „dann kann ich kaum widerstehen, Sätze, ganze Texte daraus entstehen zu lassen."

Vergnügt hebt die Fotografin den Blick. „Das tönt vielversprechend. Wörter, die von selber kommen."

- „Ich höre dem Entstehen der Sprache genau zu und lerne eine Menge", erklärt Golo.

Nun möchte der Journalist wissen: „Kannst du dir vorstellen, wie das Leben ohne Schreiben wäre?"

Golo zeichnet mit dem Zeigefinger in die Luft. „Ich würde eine Zeichensprache erfinden und die Geschichten malen."

- „Das wäre dann eine andere Art zu schreiben", schließt der Journalist, „gibt es noch eine Frage, die du gern gestellt bekämst?"

Beim Nachdenken schließt Golo die Lider. „Ich finde alle Fragen wertvoll."

Mit einer Drehung aus der Hüfte heraus richtet sich die Fotografin auf. „Ich habe mehrere gute Bilder."

Der Journalist klappt sein Notizbuch zu. „Danke für das Gespräch! Jetzt kann ich einen Artikel über dich schreiben."

Die beiden eilen den Waldberg hinunter. Golo schaut ihnen nach, bis er sie aus den Augen verliert. Dann schlägt er einen Weg ein, der dem Bergkamm folgt. Aus einem Loch unter einer Wurzel kommt eine Maus hervor. Sie scheint Golo nicht zu bemerken, geht zu einem Rinnsal Wasser trinken. Unbekümmert zuckelt sie weiter, und obwohl ihr Golo nachgeht, bleibt sie am Rand des Weges, zweigt erst nach einer Weile in einen Hang voller Moos und Wurzeln ab. Um sie nicht zu erschrecken, setzt Golo behutsam einen Fuß vor den andern. Die Maus verharrt, blickt zu ihm hinauf. Er hält inne. Sie putzt sich das Ohr mit der Vorderpfote, fährt sich über die Nase, geht weiter, schlüpft unter Farnwedel.

Am Waldrand kommt Golo zu einem flamingofarbenen Haus. Der Rosmarin schimmert sattgrün im Garten. Intensiv duftet der Lavendel. Eine Frau lädt ihn zu einem Tee ein. „Lavendel und Rosmarin ergeben eine feine Mischung."

Vor dem Haus im Schatten einer Linde mit urwüchsigem Stamm steht ein runder Gartentisch. Sie rückt einen Stuhl. „Probierst du gern mal etwas Neues aus?"

Golo setzt sich. „Ich bin neugierig, wie die Mischung von Lavendel und Rosmarin schmeckt."

Sie pflückt die Blüten in ein Körbchen, ruft ihren Mann. „Wir haben einen Gast." Der Mann tritt aus dem Haus, grüßt Golo und meint: „Am Waldrand lässt sich wunderbar entspannt spazieren. Den Tag ohne Aufregung zu verbringen, finde ich ratsam. Wenn ich mich dann nachts hinlege, kann ich ohne Problem einschlafen."

- „Du trägst dem Schlaf Sorge", anerkennt Golo.

„Es kann vieles hilfreich sein", fährt der Mann fort, „wir hängen zum Beispiel die Bettwäsche an die Sonne, dass sie gut durchlüftet ist. Überhaupt ist frische Luft das Zaubermittel für einen guten Schlaf."

Die Frau tischt die Tassen auf, setzt sich kurz zu ihnen.

„Worüber unterhält ihr euch?"

- „Über den guten Schlaf", sagt er.

Mit leicht vorgebeugtem Oberkörper wendet sie sich an Golo. „Wenn mein Mann anfängt, über den Schlaf zu reden, mag er nie mehr aufhören."

- „Das stimmt", gibt er zu, „es ist auch ein wichtiges Thema für alle, die gesund leben wollen."

Er steht auf. „Ich könnte nach dem Wasser sehen, ob es schon kocht. Das hält mich in Bewegung."

- „Gießt du auch gleich den Tee an?" fragt sie.

„Das mache ich gern", ruft er über die Schulter zurück.

„Wir helfen einander", erklärt sie.

Er bringt die Kanne in den Garten. „Jetzt müssen wir ihn nur noch ziehen lassen."

Golo ist von ihrem Zusammenleben beeindruckt. Sie erzählen ihm Ereignisse aus dem Alltag, bis der Tee bereit ist. Die Frau schenkt ein. „Jetzt bin ich gespannt, was du sagst."

Golo bläst, nimmt einen kleinen Schluck. „Das ist ein feiner Tee."

Die Frau und der Mann blicken einander an. „Wieder ist es gelungen, einen Gast von unserem Tee zu überzeugen", freut sie sich.

Eine Blumenfrau kommt in den Garten. An ihr Kleid sind unzählige Stoffblumen genäht. Sie gleicht einem wandelnden Blumenstrauß. Einen Strauß weißer Lilien hält sie überdies in der Hand. „Wem darf ich die Blumen schenken?"

- „Bringe den Strauß unserem Nachbarn mit lieben Grüßen von uns. Wir waren gestern bei ihm und sind dann plötzlich aufgebrochen. Vielleicht wollte er uns noch etwas zeigen, und wir haben uns nicht einmal richtig verabschiedet", sagt die Frau.

Die Blumenfrau lacht. „Euer Nachbar schickte mich zu euch, weil er dachte, er habe sich nicht richtig verabschiedet."

Sie wendet sich an Golo: „Möchtest du den Blumenstrauß haben?"

Golo hebt den Kopf. „Lieber würde ich dich begleiten und zuschauen, wie du die Blumen schenkst."

- „Genau darin liegt die Schwierigkeit", bedauert die Blumenfrau, „alle möchten Blumen schenken und niemand will sie bekommen."

Der Mann drückt beide Daumen. „Wir wünschen dir, dass es dir beim nächsten Anlauf gelingt."

Golo folgt der Blumenfrau. Sie macht sich auf den Weg in die Stadt. „Das ist freundlich, dass du mich begleitest. Möglicherweise bringst du mir Glück."

Er blickt sie von der Seite an. „Wollen wir es hoffen!"

Sie spricht einen Passanten an: „Hättest du gern Blumen?"

- „Ich nicht", erwidert er, „aber warte! Ich gebe dir die Adresse meiner Freundin. Sie freut sich sicher, wenn sie den Strauß bekommt." Mit diesen Worten zeigt er ihr ein Kärtchen mit einer Atelieradresse.

„Die Straße kommt mir bekannt vor", erinnert sich die Blumenfrau, „da gehe ich hin. Soll ich ihr einen Gruß ausrichten?"

- „Das wäre überaus freundlich", entgegnet er.

Sie geht mit Golo in die Stadt, drückt den Klingelknopf. Eine Frau öffnet die Tür, schlägt die Hände vor der Brust zusammen. „Lilien sind meine Lieblingsblumen!"

Die Blumenfrau schenkt ihr den Strauß. „Ich wünsche dir viel Freude." Sie wendet sich an Golo: „Damit wäre meine Aufgabe erfüllt." Beschwingt läuft sie die Straße hinunter.

Die Frau lädt Golo ein. „Gerne zeige ich dir, wie ich die Blumen aufstelle." Zuerst zeigt sie ihm im Flur die Vasen. „Welche würdest du nehmen?" Golo wählt eine schlanke Glasvase aus. Sie füllt sie mit Wasser, stellt sie mit den Lilien auf den Tisch im Wohnatelier. „Ich bemale Gläser für Solarlampen."

Die Gläser liegen auf dem Tisch, sind teilweise schon in Seidenpapier eingeschlagen und in Kisten verpackt. Ihr bevorzugtes Motiv sind Schmetterlinge, der Schwalbenschwanz, der Segelfalter, das Pfauenauge, der Admiral und der Russische Bär. Daneben hat sie auch Lampen mit Vögeln bemalt. Der Kolibri steht in dieser Reihe, zusammen mit dem Buntspecht und dem Rotbrüstchen. Sie schraubt ein paar Gläser auf die Solarlampen, zündet sie an. „So kommen sie besser zur Geltung."

Golo lobt ihre Malweise: „Du malst naturgetreu."

Sie setzt sich im Schneidersitz auf ein Sofa. „Das ist mein Beitrag, die Menschen auf die Tiere aufmerksam zu machen, dass sie achtsam mit der Natur umgehen."

Er betrachtet jedes Glas einzeln. „Je länger ich sie anschaue, umso mehr Details entdecke ich."

- „Jeder Schmetterling ist eine Persönlichkeit für sich. Das möchte ich zum Ausdruck bringen", erklärt sie. Mit einem Ruck wendet er sich zur Tür. „Nun möchte ich die Schmetterlinge wieder auf der Wiese und im Wald ansehen."

Auf der Straße begegnet Golo einem Mann, der ihn fragt,

84

wie gut er Treppensteigen kann. „Es führt nämlich von der Stadt eine Treppe bis in den Wald hinauf."

Golo sagt: „Das probiere ich gern aus." Der Mann geht hüpfend voran. Golo steigt ruhig hinterher, Stufe um Stufe. Etwa in der Mitte fragt ihn der Mann: „Brauchst du eine Verschnaufpause?"

- „Es geht gut ohne", erwidert Golo und steigt unbeirrt weiter. So erreichen sie den Wald. Der Mann lobt Golo: „Du bist ausdauernd."

Im Wald sind die Stufen in den Felsen geschlagen. Golo und der Mann steigen weiter hinauf, bis sie die Anhöhe erklommen haben. Sie genießen die Aussicht auf die Waldberge ringsum. Der Mann kniet. „Ich werde jetzt barfuß weitergehen." Er zieht die Schuhe und Socken aus, nimmt sie in die Hände, schreitet voran. Golo blickt ihm nach.

In der Nähe der Anhöhe befindet sich ein Haus. Eine Frau guckt zum Fenster hinaus, fragt: „Würdest du einer Katze einen besonderen Platz einrichten?"

- „Wie meinst du das?" möchte Golo wissen.

Sie lässt ihn eintreten, zeigt ihm einen alten Sessel mit einem Kissen. „Diesen Platz habe ich für die Katze reserviert. Darauf ruht sie sich aus, schläft."

Sie zeigt Golo ein Album. „Darin habe ich das Leben der Katze dokumentiert, wie sie lebt. Immer, wenn mir etwas auffällt oder gefällt, mache ich ein Foto. Mit der Zeit gibt das eine riesige Sammlung."

Er betrachtet die Bilder. Die Katze kommt durch die offene Tür ins Haus, streicht Golo um die Beine, bevor sie aufs Kissen springt und schnurrt.

Er gibt der Frau das Album zurück. „Das ist ein erfülltes Leben."

Auf einer Vogelfeder

Golo schaut zu, wie am Fuß des Waldbergs ein Ufo landet. Der Außerirdische öffnet die Luke, steigt aus, drückt einen Knopf. Hierauf verwandelt sich das Ufo in ein weiß gestrichenes Giebelhaus.

„Was sagst du zur Anpassung?" fragt er Golo.

Bevor Golo zum Antworten kommt, trifft eine Spaziergängerin ein. „Gestern stand hier noch kein Haus. Es muss über Nacht errichtet worden sein. Etwas kann da nicht stimmen. Wie seht ihr das?"

Der Außerirdische weicht einen Schritt zurück. „Wäre es dir lieber, wenn hier kein Haus stehen würde?"

- „Ich muss mit meinem Nachbarn reden. Vielleicht weiß er mehr", erwidert sie und eilt davon.

Der Außerirdische geht zum Giebelhaus. „Ohne es zu wollen, habe ich Verwirrung gestiftet. Besser, ich lande an einem anderen Ort." Er verwandelt das Giebelhaus ins Ufo zurück, fliegt fort.

Als die Spaziergängerin mit dem Nachbarn eintrifft, ist das Ufo verschwunden. „Ich traue meinen Augen nicht. Hier stand ein Haus. Nun ist es weg." Sie wendet sich an Golo. „Kannst du etwas dazu sagen?"

- „Das Haus war ein Ufo", erklärt Golo, „der Außerirdische hat es in ein Giebelhaus verwandelt, um niemanden zu verstören."

Der Nachbar klatscht sich auf die Schenkel, lacht schallend. „Du willst mich wohl auf den Arm nehmen?" Er entfernt sich mit der Spaziergängerin im Streitgespräch, ob es möglich sei, dass ein Haus verschwinden kann.

Golo nimmt den Weg, der zuerst dem Höhenkamm des Waldbergs folgt, dann in mehreren Kehren zu einem Felsen absteigt, wo ein kleiner Gießbach entspringt. Bei der Quelle wäscht er sich die Hände. Unreinheiten der Haut verschwinden. Sie strafft sich. Er wäscht das Gesicht, spiegelt sich in der kleinen Felsenwanne. Auch im Gesicht sind alle Unreinheiten verschwunden. „Das muss eine Heilquelle sein", vermutet er. Er steigt dem Gießbach entlang abwärts, begegnet einer Frau. „Woher kommt der Bach? Ist die Quelle in der Nähe?" erkundigt sie sich.

„Der kleine Wasserlauf entspringt bei einem Felsen", antwortet er, „das Quellwasser habe ich sehr heilsam erlebt." Er zeigt ihr seine Hände. „Alle Unreinheiten der Haut lösten sich augenblicklich auf. Dann habe ich mein Gesicht gewaschen. Auch dort verschwanden die Unreinheiten."

- „Kannst du mir die Quelle zeigen?" bittet sie, „schon lange suche ich etwas, das mein Knie heilt."

Golo geht mit ihr zur Quelle hinauf. Sie taucht ihr Knie in das aus dem Felsen springende Wasser. Dann hüpft sie mehrmals über den Wasserlauf. „Mein Knie fühlt sich leicht an. Alle Schmerzen sind weg. Das ist eine Heilquelle." Sie läuft ins Tal hinunter. „Das muss ich allen erzählen. Du hast sie entdeckt."

- „Bald werden viele Menschen hier eintreffen", sagt sich Golo, „da will ich vorher noch den Rücken behandeln." Er zieht sich aus, lässt den Quellstrahl auf seinen Rücken prasseln. Sofort fühlt er sich wohl, richtet sich auf.

Stimmen erklingen. Golo legt sich an, schaut ins Tal hinab. Eine Gruppe Menschen, angeführt von der Frau, eilt den Weg hinauf. Sie weist auf Golo: „Er hat die Quelle entdeckt." Die Menschen drängen sich um den Quellstrahl.

Golo schaut ihnen eine Weile lang zu, wie sie das Wasser auf sich wirken lassen. Dann wählt er einen schmalen Pfad. Er kommt in ein Tal, wo 2 Menschen singen. Ihre Stimmen widerhallen. Wunderbar klingt das Echo von den Felsen. Der Klang vermischt sich mit den Obertönen im Rauschen des Wasserfalles. Als sie Golo sehen, wendet sich der Mann sofort an ihn: „Wir haben unsere Fahrräder abgestellt, und wissen nicht mehr genau, wo. Hilfst du uns suchen?"

Golo geht mit ihnen durch den Wald. „Habt ihr beim Abstellen den Gießbach gehört? Oder seid ihr erst eine Weile zu Fuß gegangen, bevor ihr in die Nähe seines Rauschens kamt?"

- „Wir hatten", gesteht die Frau, „nur große Lust zu singen verspürt. Zuerst sangen wir beim Radeln. Dann stiegen wir ab und sangen immer weiter."

Golo lächelt. „Das hat euch sicher gutgetan. Ich sehe es euch an."

Tatsächlich kreuzen sich in diesem Waldstück verwirrend viele Wege. An einen Baumstamm gelehnt, stehen plötzlich die Fahrräder vor ihnen. Die Frau und der Mann schwingen sich auf die Sättel, singen wieder. Golo hält inne, bis ihre Stimmen verklungen sind.

Beim Verlassen des Waldes kommt er an einem Bauernhof vorbei. Eine Frau zeigt ihm viele Getreidesamen. „Ich kenne alle vom Anschauen. Was ist Hafer, was ist Dinkel?

Ich erkenne sie auf den ersten Blick. Ich sehe gleich, was es ist. Ich säe sie in meinem Garten in kleine Felder, beobachte ihr Wachstum. Die Vielfalt macht mir Spaß. Darunter befinden sich auch uralte Sorten, die kaum mehr angebaut werden. Nur bei mir in meinem Garten lasse ich sie Jahr für Jahr in alter Frische entstehen." Sie führt ihn durch die Beete. Einzelne Getreide sehen fast wie Gräser aus. Andere bilden große Ähren. „Das ist mein lebendes Getreidemuseum."

Golo betrachtet den Garten. „Ich bin beeindruckt."

Die Frau lässt ihn ein Stück von ihrem selbstgebackenen Dinkelzopf kosten. „Sehr schmackhaft finde ich ihn", sagt er und dankt vielmals. Dann verlässt er den Garten und wendet sich dem Grasland zu, wo er 2 Bäuerinnen beim Heuen antrifft. Der Weg führt mitten durch die Wiese. „Nur vorwärts!" ermuntert ihn die vordere, „das Gras ist gemäht." Sie wendet das Heu mit der Gabel.

„Ich möchte es nicht zertreten", sagt Golo.

Die andere Bäuerin versichert ihm: „Das wird schon nicht passieren."

Behutsam geht Golo den Weg entlang, erreicht ein neues Warenhaus. Die Kleiderabteilung ist frisch eingerichtet. Ein Verkäufer zeigt ihm eine Jacke. „Möchtest du sie anprobieren?"

Golo weicht zurück. „Ich bin mit meiner Jacke zufrieden."

- „Jacken kann man nie genug haben", meint der Verkäufer, „greif zu! Nur heute läuft unsere Aktion, bei der fast alles zum Vorzugspreis zu haben ist."

Golo geht weiter, gerät an eine Verkäuferin, die ihm ein paar Hosen anpreist. „Wie für dich geschneidert! Du

musst sie nur noch anziehen und das Erleben ist perfekt."
Golo senkt den Blick. „Mich dünkt es noch zu früh für einen Wechsel."

Der nächste Verkäufer, den er wenige Schritte später antrifft, empfiehlt ihm ein T-Shirt. „Wähle einen witzigen Aufdruck, und du erhältst sofort Beachtung."

Golo gibt zu bedenken: „Ich trage eben eine Weste. Sie bedeckt den Aufdruck." Über eine Treppe erreicht er den Ausgang. Dort versucht eine Verkäuferin ihn von einer Fußmatte zu überzeugen: „Du kommst nach Hause. Bevor du eintrittst, streifst du allen Staub und Schmutz ab."

Er schlägt einen Bogen darum herum. „Wer reinigt die Fußmatte?"

- „Sie reinigt sich selber, ganz von allein", gibt sie vor.

Neben dem Ausgang des Warenhauses bei einer Parkbank steht ein Mann. Er öffnet den Geigenkoffer, als er Golo sieht, setzt das Instrument an und beginnt zu spielen. Virtuos streicht er den Bogen über die Saiten. Golo hält inne, hört zu. Der Geiger trägt 2 Melodien vor, die ineinandergreifen, einander abwechseln und verändern. Es klingt, als würden 2 Menschen einander im Zwiegespräch immer näherkommen. Dann setzt das Spiel kurz aus. Golo dankt ihm für das wunderbare Spiel. „Es hat mich ganz eingenommen."

Der Geiger sagt: „Nichts zu danken." Er heftet sich an Golos Fersen, als er weitergeht, spielt unentwegt hinter ihm her. Wenn Golo stehen bleibt, verharrt er, ohne das Spiel zu unterbrechen. Kaum setzt sich Golo in Bewegung, folgt er ihm wie ein Schatten.

„Du hast deinen Koffer auf der Parkbank vergessen",

mahnt ihn Golo. Der Geiger lässt den Bogen unverzagt über die Saiten gleiten, konzentriert sich nur auf sein Spiel und Golos Gang. Sonst scheint ihn nichts zu interessieren. Schließlich wendet sich Golo ihm entschieden zu. „Das kommt mir zu nahe. Ich möchte bestimmen, wie lange ich deine Musik hören will."

Der Geiger lächelt, unterbricht jedoch sein Spiel nicht und schließt gar so dicht auf, dass die Schnecke seiner Geige beinahe Golos Schulter berührt. Er kommt zu einem Rebberg, schlüpft unter eine Pergola.

Der Geiger setzt den Bogen ab. „Dorthin kann ich dir nicht folgen. Komm wieder hervor!"

Golo setzt jedoch seinen Weg durch die Rebenzeilen fort, blickt zurück. Er hat den Geiger abgehängt.

Eine Frau begrüßt ihn im Rebberg. „Möchtest du neues Mitglied im Rebenteam werden? Ich zeige dir gern den ganzen Hang und im Speziellen dein Arbeitsfeld, wo du, wenn es soweit ist, voll zum Einsatz kommst."

Golo sagt: „Ich bin nur zufällig hier. Ich musste unter einer Pergola durchschlüpfen, weil mir ein Geiger keine Ruhe mehr gönnte."

Sie meint: „Es ist doch nicht so wichtig, aus welchem Grund du hereingekommen bist. Hauptsache, du bist jetzt da und bereitest dich auf deinen Einsatz vor."

Golo richtet sich auf. „Das muss bestimmt ein Missverständnis sein."

Die Frau zeigt ihm eine Tafel mit folgender Aufschrift: „Willkommen im Rebberg! Wer neues Mitglied werden möchte, schaut einfach herein."

- „Ich finde die Rebenkultur interessant", versichert Golo,

„aber im Moment kann ich mich nicht zu einer Mitglied-schaft entschließen, weil ich die Umgebung erkunden will. Da gibt es noch so viele unentdeckte Wege, die mich anziehen."

In diesem Moment trifft ein Mann ein. „Schön, dass du ge-kommen bist! Wir suchen laufend neue Mitglieder."

Die Frau hebt die Schultern. „Daraus wir leider nichts. Er ist zufällig in den Rebberg geraten."

Er verzieht keine Miene. „Das macht fast gar nichts. Über-lege es dir noch einmal in aller Ruhe. Die Reben zu pfle-gen und Trauben zu lesen machen sehr viel Freude."

- „Ich denke darüber nach", verspricht Golo, begibt sich aus dem Rebberg auf ein Landsträßchen.

Eine Frau schiebt ein Fahrrad aus Aluminium. „Es ist das leichteste Velo der Welt. Möchtest du eine Probefahrt ma-chen?"

- „Warum nicht?", meint Golo gut gelaunt, schwingt sich auf den Sattel, saust den Hang hinunter. Unten lässt er es auf dem Sträßchen ausrollen, wartet auf die Frau. „Es ist, als würde ich auf einer Vogelfeder sitzen, so leicht gleite ich dahin."

- „Bergauf merkst du erst recht, wie leicht es ist", verspricht sie, „willst du es einmal versuchen?"

Golo fährt zur halben Höhe hinauf, wendet, lässt dem Rad wieder freien Lauf. „Es stimmt. Auch bergauf komme ich mühelos voran."

Sie reibt sich die Hände. „Du kannst das Rad behalten, wenn es dir gefällt."

Er gibt es ihr zurück. „Es gefällt mir, aber ich bin lieber zu Fuß unterwegs. Wenn ich ein Rad habe, muss ich immer einen Platz finden, um es abzustellen."

Das Zicklein

Am Waldrand trifft Golo eine Frau. Sie zeigt ihm Bilder. „So sah ich früher aus. Ich hatte eine rundliche, mollige Figur."
- „Warum zeigst du mir die Bilder?" fragt er.
„Ich bin stolz", erklärt sie, „habe mein Ziel erreicht. Heute bin ich schlank."
Er betrachtet sie. „Warum wolltest du schlank werden?"
- „Alle wollen schlank sein", sagt sie, „darum war es mein Ziel."
- „So lässt es sich verstehen", anerkennt er, folgt dem Waldrand, bis er zu einer Einbuchtung kommt, wo eine Frau und ein Mann vor einer Staffelei mit einer großen Leinwand stehen. Sie ist auf einen Keilrahmen gespannt. „Wir malen gemeinsam ein Bild. Du kannst dabei sein, wenn du willst." Auf einer Felsenplatte stehen Farben in kleinen Kübeln bereit. Die Frau tunkt den Pinsel in die flockenblumenviolette Farbe, malt mit schnellen Bewegungen schwungvolle Linien. Der Mann wählt die kirschrote Farbe, zieht langsam runde Kringel. Golo nimmt einen Pinsel, taucht ihn in die eisvogelblaue Farbe, malt eine Schlaufe. Dann ist wieder die Frau an der Reihe. Diesmal tupft sie löwenzahngelbe Punkte aufs Bild. Der Mann malt farngrüne Linien um die Punkte herum, während Golo tellergroße Flächen feuerlilienorange einsetzt. Das abwechselnde Malen dauert an, bis die Leinwand voll ist. Die Frau legt den Pinsel ab. „Uns ist ein wunderbares

Bild gelungen."

Der Mann putzt die Hände mit einem Lappen. „Warten wir, bis die Farben trocken sind. Dann bringen wir das Bild in eine Ausstellung."

- „Wo wollt ihr es ausstellen?" fragt Golo.

Die Frau reinigt die Pinsel, schließt die Farbkübel. „Im Kunsthaus."

Der Mann räumt sie in einen Tragkorb. „Kommst du auch mit?"

„Im Moment finde ich es spannend, die Umgebung zu erkunden", antwortet Golo, „später komme ich nach."

Der Wanderweg führt ihn in einen seltsamen Gartenhang hinein. Um Wohnhäuser sind in verwirrender Vielfalt terrassierte Gärten angelegt. Auf den ersten Blick scheint sich der Weg in der Anlage zu verlieren. Unschlüssig schreitet Golo auf und ab, möchte sich nicht in einen Garten verirren. Ein Wanderer fragt Golo, ob er ihn durch den Gartenhang führen dürfe. „Der Weg ist nicht leicht zu erkennen. An ein paar Stellen nimmt er sich wie ein Gartenweg aus, ist jedoch öffentlich."

Um Büsche, Bäume und Terrassenmäuerchen windet sich der Pfad durch den Hang. Die Menschen in ihren Gärten grüßen freundlich.

„Selten kommt hier jemand durch", bemerkt eine Frau.

Golo weist auf den Wanderer. „Ohne kundige Führung hätte ich mich im Hang verlaufen und wäre unversehens in den einen oder anderen Garten getappt."

- „Das wäre nicht weiter schlimm", erklärt sie, „Gäste sind immer willkommen. Ich könnte einen Tee mit Kräutern aus dem eigenen Garten anbieten. Welchen Tee habt ihr am liebsten?"

Golo guckt den Wanderer an. „Welchen möchtest du?"

Am Rand des Beets kniet er nieder, schaut die Kräuter an. „Am liebsten habe ich Thymian. Das wäre ein köstlicher Tee."

Die Veranda führt direkt in die Küche. Die Frau holt ein Glas mit Thymian, lässt Golo und den Wanderer riechen. „Dein Freund weiß, was gut ist. Wie steht es mit dir?"

- „Ich schließe mich an", bekundet Golo.

Unter der Tür ermuntert sie ihre Gäste: „Setzt euch doch an den Gartentisch. Lange wird es nicht dauern."

Der Wanderer und Golo nehmen Platz. „Stell dir vor, was uns hier widerfährt, kann sich in jedem Garten ereignen. Überall sind Menschen da, die dich mit etwas Eigenem verwöhnen wollen."

Schon bald kehrt die Frau mit einem dampfenden Krug und Tassen zurück. „Worüber unterhält ihr euch?" nimmt sie wunder.

„Über die Gastfreundschaft in den Gärten", berichtet der Wanderer.

„Sie ist wirklich groß", ergänzt die Frau, „auch untereinander laden wir uns häufig ein."

Während der Tee bereits duftet, aber noch etwas ziehen muss, erzählt die Frau von einem kleinen Fernrohr: „Es ist spielzeugklein, lässt aber ein fernes Reh, das in der Wiese vor dem Wald äst, zum Greifen nah erscheinen. Leider habe ich es verlegt oder verloren. Ich vermisse es."

Als sie den Tee getrunken haben und aufstehen, verspricht der Wanderer: „Wir behalten die Augen offen. Und, wer weiß, mit etwas Glück finden wir das Fernrohr."

Die Augen der Frau leuchten. „Dann habt ihr einen großen Finderlohn verdient."

Im Grasland hinter dem Gartenhang sieht Golo etwas zwischen den Halmen glänzen. Er bückt sich. „Da liegt das Fernrohr."

Der Wanderer streckt die Hand aus. „Lass mich einmal durchgucken." Er späht hindurch in den Gartenhang. „Das ist ungeheuerlich. Ich kann die Äpfel in ihrer Schüssel zählen." Er kehrt um. „Ich bringe es gleich zurück, bevor ich aus lauter Neugier die Leute im ganzen Hang beobachte."
- „Das lässt du lieber bleiben", rät Golo, „die Menschen vertrauen darauf, dass sie in ihren Gärten vor Blicken geschützt das Leben genießen können."

Der Wanderer dreht sich auf halber Höhe um. „Kommst du nicht mit? Du hast es doch gefunden. Ich bin gespannt, was der Finderlohn ist."

Golo tritt von einem Fuß auf den anderen. „Ich überlasse ihn dir gern, gehe in der Zwischenzeit etwas weiter und bin gespannt, was ich alles finde."

Der Wanderer eilt in den Gartenhang zurück. „Es soll ein großer Finderlohn sein."

Golo sieht einen Zitronenfalter. Er flattert über die Wiese. Weiter oben, in der Nähe des Waldes, sitzt ein Mann an einem Steintisch, grübelt. Vor ihm liegt ein Schreiben. „Das ist meine Bewerbung. Ich bewerbe mich um eine Stelle als Praktikant, habe kaum Erfahrung mit Bewerbungsgesprächen. Wie gehe ich da vor?"
- „Wie möchtest du auftreten?" fragt Golo zurück.

„Ich möchte eben nur kurz informieren, warum ich mich für die Stelle bewerbe", gibt er zur Auskunft, „und hoffe, dass es nicht unfreundlich wirkt."

- „Das wird dir sicher gelingen", spricht ihm Golo zu, „wenn jemand mehr wissen möchte, kann er Fragen stellen. Das ist ein gutes Zeichen, dass er sich für dich interessiert. Ich wünsche dir viel Glück."

Der Mann dankt. „Was würdest du machen, wenn du dich um eine Stelle bewirbst?"

Golo schlägt vor: „Ich würde selber auch möglichst viel fragen, damit ich ein genaues Bild von der Stelle gewinne."

- „Du hast mir sehr geholfen", betont der Mann und vertieft sich in das Schreiben.

Beim Weitergehen gelangt Golo zu einer Bushaltestelle. Eine Frau steht unmittelbar am Straßenrand. „Viele weichen zurück, wenn der Bus einfährt, aber mir gefällt es, wenn ich ihn beinahe mit der Nase berühre."

- „Ist das nicht irritierend für den Buschauffeur?" möchte Golo wissen, „ich meine, er will dich doch nicht streifen."

- „Alle Fahrer reagieren anders", berichtet sie, horcht auf, „er kommt!"

Der Bus rollt heran. Vor der Haltestelle lässt der Fahrer die Scheibe hinunter, gibt der Frau ein Handzeichen. Sie lacht, weicht zurück. „Wenn ich Glück habe, lässt er das Fenster einen Moment lang offen, und ich habe frische Luft, wenn ich eintrete."

Die Bustür öffnet sich. Die Frau steigt ein. Nachdem sich der Fahrer mit einem Blick vergewissert hat, dass Golo nicht mitfährt, schließt er die Tür und fährt los.

Von der Haltestelle führt ein Wiesenweg zu einem Bauernhof. Die Bäuerin ruft Golo aus dem Stall zu. „Meine Ziege gebärt ein Zicklein. Die Fruchtblase ist geplatzt. Die vorderen Klauen schauen heraus."

Golo tritt näher. „Das würde ich gerne sehen, wenn ich darf." Das Zicklein purzelt in die Streu und wird von der Ziege eifrig abgeleckt. Es hat ein zottiges, weißes Fell, rappelt sich auf, beginnt bereits auf den wackligen Beinen zu stehen. Golo bedankt sich, dass er zuschauen durfte.

Als er den Stall verlässt, gelangt er über einen Feldweg zum Waldrand, wo er 3 Kindern begegnet. Das älteste Mädchen berichtet: „Wenn dem Jüngsten der Schuhbändel aufgeht, machen wir eine kleine Pause, damit es ihn selber binden kann. Sonst steht es da und wartet, bis es jemand von uns für ihn erledigt." Das mittlere Kind, ein Junge, fügt bei: „Wenn es dann gar nicht klappt, können wir ihm immer noch helfen." Das Jüngste bringt es jedoch auf den Punkt. „In der Regel gelingt es mir schon beim ersten Versuch."

- „Deine Geschwister sind sorgsam zurückhaltend", anerkennt Golo, „so lernst du am besten. Wenn ihr ein ganz kleines, frisch geborenes Zicklein sehen wollt, müsst ihr jetzt zum Stall gehen."

Das Jüngste entscheidet schnell: „Das gehen wir hin."

- „Kann es schon stehen?" fragt das Älteste.

„Stehen und erste Schritte gehen", antwortet Golo.

Die Kinder machen sich auf den Weg zum Stall.

Golo streift den Waldrand entlang, begegnet einem Mann. „Ich führe eine Windliste. Da trage ich die Winde ein, wie heftig sie sind, woher sie kommen, wie warm oder wie kalt sie sind, welche Ereignisse sie verursachen."

- „Wie lang ist deine Liste? Seit wie vielen Jahren schreibst du daran?" möchte Golo wissen.

„Seit unvorstellbar vielen Jahren", antwortet der Mann und stellt sich auf ein Bein, „und es ist noch immer nicht eingetroffen, dass ich eine wirklich gültige Prognose stellen kann. Der Wind überrascht mich immer wieder. Die Liste hat jedoch eine positive Wirkung: Wenn ich im Bett liege und sie anschaue, klappen mir die Augen zu. Dann lösche ich schnell das Licht, atme ruhig ein und aus, höre dem Nachtwind zu."

„Also dient dir die Windliste zum Einschlafen" folgert Golo, „dann ist sie ja unbezahlbar."

- „Ich weiß", sagt er stolz, „darum kommt für mich weder das Ausleihen noch das Verkaufen in Frage."

Golo wünscht ihm weiterhin gutes Gelingen mit der Liste. Er schreitet vergnügt weiter, gerät vor einen Bauernhof am Waldrand. Dort geht eine Frau in den Stall, um die Zicklein mit Trinkflaschen zu ernähren. Sie fragt Golo: „Möchtest du dabei sein?" Sie reicht ihm eine Trinkflasche und zeigt ihm das Zicklein, das am besten daraus trinken kann. Tatsächlich, als sich Golo bückt und ihm die Flasche hinhält, kommt es zu ihm gelaufen und trinkt. Nachher hüpft es übermütig um Golo herum. „Wie alt ist es?"

Zu seinem Erstaunen hört er, dass es erst eine Woche alt ist. „Das ist wunderbar, wie schnell sich die Zicklein entwickeln." Er lässt den Blick über die Zicklein und Ziegen schweifen, gibt die Trinkflasche zurück und wendet sich zum Gehen. „Den Tieren in deinem Stall geht es gut."

Zu Fuß

Golo spielt mit einer Frau Tennis. Er schlägt den Ball über das Netz. Die Frau spielt kräftig zurück. Der Ball fliegt hin und her.

Ein Mann taucht auf, wendet den Kopf hin und her, guckt dem Ball nach, bis Golo das Netz trifft, und das Spiel unterbrochen wird. „Ich kenne einen schönen Platz am See. Wollt ihr ihn sehen? Ich führe euch gerne hin."

Die Frau und Golo legen die Tennisschläger ab, folgen dem Mann zum See hinunter. Er führt sie in eine kleine Felsenbucht. Glitzersterne blinken auf den Wellenkämmen. Das Wasser ist kristallklar. Die Frau legt sich auf den sonnenwarmen Felsen. „Hier lässt sich wohl sein."

Der Mann zieht sich zurück. „Ich wünsche euch einen schönen Tag. Genießt ihn!"

Golo legt die Kleider ab, geht baden. Er taucht, sieht auf dem Seeboden einen Beutel, taucht. Mit dem Beutel kehrt er ans Land zurück, öffnet ihn. Es sind Goldmünzen darin. Er lässt sich von der Sonne trocknen, schlüpft in die Kleider.

Die Frau sagt: „Ich bringe den Beutel ins Fundbüro. Dort wissen sie am ehesten, wie man mit dem Fund umgehen könnte." Sie nimmt ihn und macht sich auf den Weg. Ein Mann tritt in die Bucht. „Ich kann mich in einen Hund verwandeln. Soll ich es dir vorführen?"

- „Lieber nicht", sagt Golo, „bleibe ein Mensch und trage

dir Sorge."

- „Das tu ich doch", erwidert er, fuchtelt mit der Hand ein Zeichen in die Luft und wird zu einem kleinen weißen Hund.

Eine Frau kommt in die Bucht. „Was für ein schöner Hund! Ich habe einmal ein Gedicht über einen kleinen weißen Hund geschrieben."

Golo betont: „Das ist kein gewöhnlicher Hund. Es ist ein Mensch, der sich in diese Gestalt gezaubert hat."

Sie schmunzelt. „Du hast eine angeregte Fantasie, solltest Geschichtenerzähler werden."

Der Hund wedelt mit dem Schwanz. Die Frau bückt sich, streichelt ihn. „Zeige uns, wer du wirklich bist."

Da verwandelt er sich in den Mann zurück. „Tu dir keinen Zwang an! Du darfst mich weiter streicheln."

Sie lächelt, weicht einen langen Schritt zurück. „Ich kenne dich gar nicht."

Er hebt die Schultern. „Das kann sich ändern. Ich lade euch zu einem Tee ein."

- „Wo?" fragt die Frau.

- „Bei mir zu Hause", schlägt er vor, „ich wohne nicht weit entfernt von hier."

Sie geht mit ihm, hält inne, dreht sich nach Golo um. „Kommst du? Wir sind beide eingeladen."

- „Im Moment möchte ich das Ufer erkunden", erwidert er. „Wie du willst", meint der Mann. Er ritzt mit einem Stecken einen Plan in den Sand.

„Da sind wir", sagt er, malt ein Kreuz, „und da wollen wir hin." Er fügt einen Kreis in den Plan ein. Mein Haus liegt am Weg zum Berghang, du kannst es gar nicht verfehlen."

Sie verlassen die Bucht.

Golo folgt dem Uferweg, kommt zu einem großen Strand. Er ist verlassen. Nicht weit davon entfernt befindet sich ein kleiner Strand, von lachenden und rufenden Kindern überfüllt. Eine Frau fragt Golo: „Kannst du dir erklären, weshalb der große Strand leer bleibt, und alle Kinder zum kleinen drängen?"

- „Offenbar ist es für die Kinder attraktiver, sich auf engstem Raum zu tummeln", vermutet er, „aber wir können ja einmal nachfragen." Er wendet sich an eine junge Mutter, die mit anderen Müttern und Vätern auf der Wiese sitzt. „Warum ist dein Kind beim kleinen Strand? Warum bevorzugt es nicht den großen?"

- „Hier macht es Rollenspiele. Im Wasser und am Ufer. Und die sind bei ihm beliebt."

Die Frau fragt weiter: „Warum macht es die Rollenspiele nicht auch beim großen Strand?"

Die Mutter lacht und sagt: „Das hat sich einfach hier wieder so eingespielt. Als der große Strand eröffnet wurde, war er für kurze Zeit beliebt. Dann wollte unser Sohn wieder zum kleineren. Und da sind wir jetzt."

Golo setzt sich, lehnt an den Stamm einer urwüchsigen Linde.

Eine Frau stößt einen Kinderwagen. „Macht es dir etwas aus? Gleich wirst du nicht mehr allein im Schatten sein."

Golo reckt den Hals, betrachtet das Baby im Wagen. Es hat große Augen, lächelt, strahlt Golo an. Er lächelt zurück.

Ein Mann tritt zu Golo. „Hat es dir meine Frau schon gesagt? Gleich findet hier ein riesiges Familientreffen statt. Alle möchten natürlich das Baby sehen."

Er zieht die Beine an. „Das kann ich verstehen."

Ein Paar trifft ein. Der Mann beugt sich über den Kinderwagen. „Du bist ja schon wieder gewachsen", sagt er zum Baby.

Die Frau guckt es an. „Du hast die schönsten Augen der Welt."

Der Mann wendet sich an Golo: „Ich bin mächtig stolz auf meine Enkelin."

Immer mehr Menschen sammeln sich im Schatten der Linde. Golo steht auf. Der junge Vater bemerkt es. „Bleib ruhig sitzen. Du störst überhaupt nicht", versichert er.

Golo räkelt sich. „Es tut mir gut, mich wieder zu bewegen."
- „Gehörst du auch zur Familie?" fragt ihn eine Frau.

Golo lacht. „Man könnte es fast meinen." Er wirft einen Blick aufs Baby, das ihn sofort ins Auge fasst, übers ganze Gesicht strahlt und lächelt. „Ich bin durch Zufall in euer Treffen geraten, aber ich habe mich in eurem Kreis sehr wohlgefühlt. Das Baby macht euch glücklich." Langsam entfernt er sich, schaut immer wieder auf den Kinderwagen zurück.

Der Weg führt in einen Rebberg. Durch die Rebenzeilen geht eine Frau. „Wenn du im Herbst vorbeischaust, kann ich dich mit feinen Trauben verwöhnen. Was ich dir jetzt anbieten kann, ist ein Glas Wein." Sie zeigt auf ein kleines Rebenhäuschen mit einer gemauerten Terrasse, worauf ein kleiner Gartentisch steht. „Oder ist dir ein Glas Traubensaft lieber? Das könnte ich dir auch anbieten."

Golo entscheidet sich für den Traubensaft. Schnell schließt sie das Häuschen auf, holt eine Flasche und 2 Gläser, schenkt ein. Dann stößt sie an. „Ich bin gespannt, wie er dir mundet."

Golo nimmt einen Schluck. „Er ist sehr fruchtig." Gemächlich, Zug um Zug leert er das Glas.

„Darf ich dir nachschenken?" fragt sie.

Dankend lehnt Golo ab. „Ich trinke nie viel aufs Mal."

- „Bei dir ist Genießen angesagt", stellt sie fest.

Er rückt den Stuhl zurück, bricht auf. „Das ist dem feinen Saft angemessen."

Mit lockerem Schritt folgt er dem Weg durch die Rebenzeilen, gerät in einen grünen Wiesenhang, wo unzählige Schmetterlinge von Blüte zu Blüte gaukeln. Mitten in einer Einbuchtung des Hangs liegt eine Frau auf dem Liegestuhl. „Komm ruhig näher! Ich bin schon wach. Gleich werde ich aufstehen. Dann jage ich der Zeit hinterher, die ich verschlafen habe."

- „Wie geht das?" wundert sich Golo, „während du schläfst, vergeht die Zeit unwiederbringlich."

- „Das stimmt", räumt sie ein, „doch, wenn ich jetzt ganz schnell den Hang hinunterlaufe, gewinne ich einen Streifen Zeit zurück. Ich zeige es dir. Gut ausgeruht bin ich schneller, als wenn ich müde und abgespannt gehe."

Sie sitzt auf, springt aus dem Liegestuhl, jagt den Hang hinunter.

Durch die Wiese führt ein Weg. 2 Jungen kommen auf ihren Velos gefahren.

„Unsere Fahrräder sind ganz neu", berichtet der Vordere, „sie sehen genau gleich aus."

- „Was können wir tun", fragt der Hintere, „dass wir sie nicht verwechseln?"

Golo hat eine Idee. „Bindet bei einem Velo ein Stück

Schnur um die Sattelstange. Dann könnt ihr sie immer unterscheiden."

- „Das machen wir", entschied der Vordere, „ein Stück Schnur findet sich sicher bei mir zu Hause."

Sie radeln los, der hintere Junge überholt den vorderen.

Golo lenkt seine Schritte zur Stadt. Eine Frau fragt ihn: „Darf ich dich begleiten?"

Er freut sich. „Ist gut! Gehen wir zusammen."

Sie möchte wissen: „Kaufst du etwas ein?"

- „Ich spaziere durch die Gassen und sehe mich um, was die Menschen machen", antwortet er.

Der Wiesenweg mündet in eine Straße, die zum Stadttor führt. Hinter dem Tor reihen sich die Häuser der Altstadt. In der malerischen Gasse geraten die Frau und Golo vor ein Hutgeschäft.

„Möchtest du einen neuen Hut kaufen?" schlägt sie vor.

Er lässt den Blick über die riesige Auslage wandern, die sich im Schaufenster und an Gestellen auf dem Gehsteig darbietet. „Welchen würdest du mir empfehlen?"

Sie fasst seinen Hut ins Auge. „Er sieht wie neu aus. Vielleicht ist es zu früh für einen Wechsel."

Golo geht weiter. „Dann wollen wir nichts überstürzen."

Ein Mann sitzt auf einer Bank bei einem Brunnen. Neben ihm auf der Sitzfläche liegen 3 Hüte. „Unter einem Hut befindet sich mein Schlüssel. Wer errät, unter welchem, darf mich besuchen."

Die Frau rät: „Der Schlüssel ist unter dem mittleren Hut."

Der Mann hebt den Hut. Tatsächlich liegt darunter ein Schlüssel. „Du bist mein Gast."

Sie fragt mit einem Seitenblick auf Golo: „Können wir dich

auch zu zweit besuchen?"

- „Selbstverständlich", sagt er und schiebt die 3 Hüte zusammen, „ihr seid willkommen."

Er weist auf ein schmales Altstadthaus. „Da wohne ich."

„Ich sehe mich noch ein wenig um und komme später. Ist das in Ordnung?" vergewissert sich Golo.

„Lass uns aber nicht zu lange warten", bittet der Mann und öffnet der Frau die Tür.

Golo spaziert zum Ende der Gasse beim oberen Tor, wo ein Mädchen und ein Junge stehen. „Willst du auch auf den Bus?" fragt das Mädchen.

Golo hält inne. „Ich bin zu Fuß unterwegs."

- „Das sind wir auch", erklärt der Junge, „wir sind zu Fuß zur Haltestelle gekommen und werden zu Fuß einsteigen."

Golo lächelt. „Du hast recht. Ich muss es anders sagen: Ich werde den Bus nicht benutzen."

Das Mädchen erklärt: „Dann musst du deutlich zurücktreten, wenn er ankommt. Sonst meint der Fahrer, du willst mitfahren."

- „Das wird schon nicht geschehen", versichert Golo vergnügt, „sobald unser Gespräch beendet ist, erkunde ich nämlich die Stadt weiter und bin dann schon weg."

In diesem Augenblick fährt jedoch der Bus ein. Der Junge steigt ein, sagt zum Fahrer: „Er wird nicht mitfahren."

- „Wer ist er?" nimmt den Fahrer wunder.

Das Mädchen hüpft in den Bus, deutet auf Golo, bevor es sich umdreht und ihn fragt: „Wie heißt du?"

Er tritt vor die Tür. „Ich bin Golo."

Der Fahrer nickt ihm zu. „Also, dann weiß ich jetzt Bescheid. Auf ein andermal!"

Waldwegwald

Auf einer Felsenplatte vor dem Wald schieben ein Mädchen und ein Junge Eisbärenfiguren auf den weißen Feldern des Schachbretts herum.

Golo tritt hinzu. „Darf ich euch zuschauen?"

„Die Eisbären dürfen nur die weißen Felder benutzen", sagt das Mädchen.

Der Junge nennt die nächste Regel: „Jeder Eisbär kommt einmal zum Zug. Die vorderen machen den hinteren Platz."

Das Mädchen deutet auf das Brett. „Das geht am besten, wenn sie immer wieder eine Art Fächer bilden, der den nachkommenden Eisbären Felder öffnet."

Golo sieht gebannt zu, wie sie den Schwarm der Eisbären rundum führen, ohne dass eine Figur zurückbleibt. Das Mädchen und der Junge lösen sich ab. Die Bewegung aller Bären gleicht einem Wirbel, der sich langsam, ruckweise dreht.

„Aufs Mal darf nur ein Eisbär bewegt werden", erklärt das Mädchen.

„Wie es ausschaut", bemerkt Golo, „gibt es in eurem Spiel nur Gewinner."

- „Das ist richtig", hält der Junge fest, „kein Eisbär darf auf der Strecke bleiben oder in ein schwarzes Feld tappen."

Beharrlich und ins Spiel vertieft, schieben sie die Bären voran.

Golo geht weiter, kommt vor eine kleinen und einen riesigen vierblättrigen Klee. Sie schweben schalenartig wie Luftkissen über der Wiese.

Eine Frau winkt Golo heran und sagt: „Wenn du eine kleine Sorge hast, besteigst du den kleinen Klee. Drückt dich eine große Sorge, wählst du den großen."

Golo steigt in die große Kleeschale. Sie gleitet schnell über die Wiese dahin, führt ihn an einen Ort, wo Golos größte Sorge lauert: Es ist eine Art Schlucht. Kein Weg führt weiter. Hohe Felswände versperren das Vorankommen. Die Kleeschale schwebt jedoch mühelos aus der Schlucht empor zu einer Wegkreuzung. Golo springt aus der Schale, kann den weiteren Weg frei wählen, entscheidet sich für den schmalen Pfad, der zum Waldrand führt. Unter weitkronigen Bäumen stehen reglos eine Frau und ein Mann. Sie sind aus Kristall und glitzern. Neben ihnen befindet sich eine Truhe.

Unversehens stößt ein Mann hinzu. „Wenn du möchtest, dass sie lebendig werden, musst du sie einfach berühren." Er fasst die Hand der Frau. Der Kristall löst sich auf. Sie bewegt sich frei, gibt ihrem Mann die Hand, worauf er sich auch in einen Menschen verwandelt.

„Danke, dass du uns erlöst hast", sagt die Frau.

Der Mann schlägt die Augen auf. „Du hast eine Belohnung verdient."

„Was dürfen wir dir schenken?" fragt sie.

Der Mann, der sie erlöst hat, wünscht eine Badehose. „Oder gebt mir gerade 2." Er streift Golo mit einem Seitenblick. „Damit du auch eine hast."

Golo möchte dagegen einwenden, dass er keine braucht, doch da hat die Frau schon die Truhe geöffnet und 2 Badehosen herausgenommen. „Ich hoffe, sie gefallen euch."

- „Alles stimmt: Die Größe, das Blumenmuster, die Farbe und der Schnitt", schwärmt der Mann und greift zu, reicht eine Hose Golo. „Ganz in der Nähe hat es einen See. Dort probieren wir sie gleich an und aus."

Golo wandert mit ihm durch den Wald. Die Sonne sorgt für tanzende Lichter und Schatten.

„Woher weißt du, wie man Menschen aus Kristall beleben kann?" erkundigt sich Golo.

Der Mann schreitet munter voran. „Das habe ich in einem Rettungskurs gelernt", berichtet er. Er tänzelt auf den Zehenspitzen. „Wir könnten einen Schwimmwettbewerb machen."

Golo hält inne. „Warum gerade einen Wettbewerb? Es genügt doch, nach Lust und Laune zu tauchen und zu schwimmen."

Der Mann verspricht: „Der kleine Wettbewerb wird auch dich ganz neu beleben."

Am Rand des kleinen Waldstücks, das Golo mit dem Mann durchlaufen hat, spiegeln sich die Äste im See. Weiter draußen ragt eine Insel nur wenige Meter aus dem Wasser. „Sie ist das Ziel", bestimmt der Mann.

Sie ziehen sich um, waten ins tiefblaue Wasser. Der Mann bleibt auf gleicher Höhe wie Golo stehen. „Wenn ich ‚los' rufe, starten wir." Er klatscht in die Hände. Golo hechtet ins Wasser, schwimmt mit großen Zügen los. „Das war ein Fehlstart", ruft ihn der Mann zurück, „du musst warten, bis du ‚los' hörst." Er hält den Kopf schräg. „Es tut mir leid. Nun bist du aus dem Rennen."

- „Wir könnten doch einen zweiten Startversuch machen",

schlägt Golo vor.

„Das ist leider nicht möglich", bedauert der Mann und steigt aus dem Wasser.

Golo schwimmt zur Insel, legt sich in den warmen Sandstrand. „Du hast strenge Regeln."

Als er zum Ufer zurückgekehrt ist, bleibt der Mann unauffindbar. Golo lässt sich auf einem Felsvorsprung an der Sonne trocknen, zieht sich an. Er nimmt die Badehosen, spaziert das Ufer entlang. Kaum ist er ein paar Schritte weit gegangen, kreuzt ein junger Mann seinen Weg und fragt ihn: „Wo hast du die Badehosen gekauft?"

Golo antwortet: „Sie sind ein Geschenk. Wenn du sie haben möchtest, schenke ich sie dir weiter."

Der Mann nimmt sie gern an. „Überall suchte ich Badehosen dieser Art. Endlich habe ich sie gefunden." Er bedankt sich überschwänglich und eilt davon. Vom Ufer führt ein Weg durch eine Wiese zu einem Platz, wo viele Badewannen stehen. Neugierig schreitet Golo die Reihen ab. Eine Frau kommt auf ihn zu. „Interessierst du dich für eine bestimmte Wanne?"

- „Warum werden sie im Freien ausgestellt?" wundert er sich.

„Es sind Flugbadewannen", erklärt sie, „wenn du willst, darfst du einen Probeflug unternehmen. Dein Lebensgefühl verändert sich, sobald du in der Wanne sitzt."

Ein Junge tritt hinzu. „Es ist nie zu früh, sich nach einer guten Wanne umzusehen. Im Gegenteil. Wartest du zu lange, kommst du plötzlich in eine Situation, wo du eine Wanne bräuchtest. Dann bedauerst du dein Zögern."

Die Frau stimmt ihm zu: „Ich denke wie du. Man kann sich

nie früh genug für eine Wanne entscheiden."

Schließlich lässt sich Golo überreden. „Also gut", sagt er, setzt sich eine kleine Wanne. Sie hebt sofort ab, fliegt mit ihm einen Bogen über die Wiese, steigt zu einem Waldberg hinauf, kreist um den Gipfel. Dann gleitet sie sanft zum Platz zurück.

„Wie war der Flug?" erkundigt sich die Frau.

Golo steigt aus der Wanne. „Die Wanne ist zwar nur klein, aber sie fliegt wunderbar."

Der Junge fragt: „Und nun? Nimmst du sie? Oder wählst du eine ganz andere?"

Golos Blick wandert langsam suchend herum. „Ich kann mich noch nicht entschließen."

- „Lass dir Zeit", meint die Frau, „wir können es auch so halten, dass du immer wieder vorbeischaust und eine Wanne ausprobierst. So gewinnst du ein Gefühl für die Wannen und wählst einmal genau die richtige."

Der Junge regt an: „Stell dir all die Reisen vor, die du mühelos unternehmen kannst."

- „Das sind gute Vorschläge", anerkennt Golo.

Vom Platz weg führt ein sanft ansteigender Weg zu einem Haus, das über einen Außenlift verfügt. Mit einem fragil wirkenden Kettenzug wird die Kabine hochgezogen. Als Golo vor das Haus gelangt, steigt eine Frau im Obergeschoss ein, fährt mit dem Lift herunter. Ein riesiges Rad rollt, bewegt die Kette. Unten angekommen, grüßt die Frau und fragt: „Möchtest du mich interviewen? Ich bin nicht an jedem Tag zu einem Interview bereit, aber heute kannst du mich befragen."

- „Was macht den Tag zu einem besonderen Tag?" erkundigt er sich.

Sie streift mit dem Finger über den Namen, den sie auf ihr Kleid gestickt hat. „Heute bist du da und hast sicher viele Fragen. Das unterscheidet den Tag von anderen Tagen."

- „Warum befindet sich der Lift nicht im Haus?" fragt Golo. Sie lacht. „Mit welcher Frage würdest du das Interview beginnen, wenn er im Haus wäre?"

- „Das wird ein seltsames Interview, wenn sich alles um den Lift dreht", gibt er zu bedenken, "lieber würde ich dich zu deiner Person befragen: Wer bist du?"

Die Frau kehrt in den Lift zurück. „Das ist die richtige Frage. Ich werde darüber nachdenken."

Das riesige Rad dreht sich. Sie fährt mit dem Lift wieder nach oben. Golo guckt ihr nach. „War es das?"

- „Schau morgen wieder vorbei! Dann gewähre ich dir gern das Interview", verspricht sie.

Der Weg führt vom Haus mit dem Lift durch eine Wiese mit vielen Steinnelken zum Waldrand hinauf. Dort stellt ein Mann ein Fernrohr auf ein Stativ. „Es ist kein gewöhnliches Fernrohr", sagt er, „wenn du hindurchblickst, kannst du in die Zukunft sehen."

- „In die Zukunft", wundert sich Golo, „genügt es denn nicht, in die Gegenwart zu schauen?"

- „Es könnte dich doch interessieren, was die Zukunft bringt", meint der Mann und dreht das Fernrohr zu Golo.

Er schaut hinein, sieht sich selber auf einem Waldweg schreiten. Eine Frau geht neben ihm her, dreht mit einer leichten Handkamera ein Video. „Wer ist diese Frau und was will sie von mir?"

Lächelnd schließt der Mann für einen kurzen Moment die

Augen. „Das wird die Zukunft weisen."

Golo wagt einen zweiten Blick ins Fernrohr. „Wie es aus-schaut, will sie ein Video drehen."

Der Mann rät: „Sehe einfach genau hin! Das genügt. Du musst keine Erzählung daraus machen."

Golo spaziert in den Wald. „Dann gehe ich jetzt der Zu-kunft entgegen."

„Mache es gut", wünscht der Mann.

Die Sonne blitzt zwischen den Baumkronen hindurch. Aus dem Schatten eines Baumes tritt eine Frau mit einer Handkamera. „Ich würde gern ein Video drehen."

Golo richtet sich auf. „Stehe ich im Weg?"

Sie richtet die Kamera auf ihn. „Ganz im Gegenteil! Ich filme, wie du durch den Wald gehst. Das Video be-kommt den Titel ‚Der Waldwegwald' und zeigt dich als Spaziergänger in einem Wald, der voller Wege ist."

Licht- und Schattenflecken sprenkeln Golo. Die Sträucher recken die Äste, streifen ihn beinahe. Während er ruhig durch den Wald schreitet, geht die Frau neben ihm her, läuft voraus, lässt ihn herankommen und an der Kamera vorbeiziehen. Um die Bewegung seines Spaziergangs ein-zufangen, geht sie auch rückwärts. Golo kann sie gerade noch rechtzeitig warnen, bevor sie über eine Wurzel strauchelt. Der Wald ist tatsächlich voller Wege. Immer wieder kommt Golo vor eine Gabelung oder Kreuzung und entscheidet, welchen Weg er einschlägt. Wenn er innehält, führt sie die Kamera um ihn herum, lässt die Bäume tanzen. Sie kauert, filmt das Blätterdach über ihm. In allen Schattierungen leuchtet das Grün.

Dem Mammut auf der Spur

Von hohen Bäumen umgeben, windet sich ein schmaler Pfad den Berg hinauf. Im Gymnastikanzug läuft eine Frau auf ihn zu. „Hast du eine Gymnastikmatte gesehen?"

„Bisher nicht", antwortet er, „soll ich dich rufen, wenn ich auf eine stoße?"

Sie trippelt im Laufschritt um ihn herum. „Hier in der Gegend muss eine sein, wenn ich mich richtig erinnere. Aber es ist schon eine Weile her, seit ich hier joggte."

Golo folgt dem Pfad. „Wer legt denn eine Matte in diesen verlassenen Hang?" nimmt ihn wunder.

Sie überholt ihn und eilt voraus. „Kein Ort ist so verlassen, dass man keine Gymnastikmatte findet."

Bei einer Kehre des Wegs, in einer Mulde liegt tatsächlich eine Gymnastikmatte. Sie hat die Masse einer Hochsprungmatte, ist einen Meter hoch. Die Frau lehrt Golo: „Die erste Übung ist ganz einfach. Du springst aus der Kehre in die Matte, landest weich und rollst dich ab." Sie führt es gleich vor.

Golo steigt zur Kehre hinauf. „Das ist wie Turmspringen." Er springt auf die Matte, geht in die Knie, wälzt sich zum Rand.

Die Frau zeigt gleich die nächste Übung. „Nach dem Sprung federst du weich ab, hüpfst 3-mal und springst dann von der Matte."

Golo ahmt ihre Bewegungen nach, landet neben ihr in der

Mulde.

Sie hat ihn genau beobachtet, stellt fest: „Du bist talentiert für Gymnastik. Allerdings solltest du häufig trainieren, dass du gelenkiger wirst."

Sie legt wieder ihren Laufschritt ein, eilt ihm weit voraus und den Berg hinauf. Er verliert sie aus den Augen.

Als Golo oben auf dem Berg ankommt, sieht er eine kleine Passstraße. Ein Mann zieht einen Leiterwagen, gönnt sich auf der Höhe eine Verschnaufpause. Der Leiterwagen ist vollgeladen mit Büchern. „Glückliche Umstände wirkten, dass ich diesen Schatz zusammentragen konnte. Nun bleibt nur die Frage, wo ich ihn absetzen kann."

Eine Frau erreicht die Passhöhe. „Was für Bücher hast du heraufgeschleppt? Sind sie spannend?"

- „Es sind Gedichte", erklärt er und nimmt einen Band in die Hand, schlägt ihn auf einer beliebigen Seite auf. Lautlos beginnt er zu lesen, wobei er den Mund so auffällig bewegt, dass man ihm die Worte von den Lippen ablesen kann.

Die Frau streckt die Hand aus. „Mich nimmt wunder, was du gerade liest."

Beflissen gibt er ihr das aufgeschlagene Buch. „Du darfst es gern erfahren."

Ihre Augen wandern Zeile für Zeile die Seite hinunter. Für eine Weile senkt sie die Lider, atmet tief, drückt das Buch an ihre Brust. „Am liebsten würde ich den Band behalten und ihn nie wieder hergeben."

- „Wenn du gern Gedichte liest, schenke ich dir nicht nur dieses Buch, sondern auch alle anderen", bietet er ihn an.

Sie lächelt. „Das ist ein Scherz."

Er rückt mit der Deichsel näher. „Es ist mir ernst. Den Leiterwagen bekommst du als Zugabe."

- „Wieso willst du alle Bücher aufs Mal loswerden?" möchte sie wissen.

Er lehnt an den Leiterwagen. „Das ist meine Art. Zuerst sammle ich Gedichtbände, trage zusammen, was ich finden kann. Nachher versuche ich sie mit der gleichen Leidenschaft abzusetzen. Beides ist herausfordernd, braucht viel Glück und Gespür."

- „Hast du bei dir zu Hause zu wenig Platz?" forscht sie, „brauchst du eine größere Wohnung?"

Der Mann betont: „Es ist keine Platzfrage. Sammeln und absetzen machen mir Spaß."

Sie legt den Gedichtband zu den anderen, übernimmt die Deichsel. „Diesen Tag markiere ich als Glückstag im Tagebuch." Vergnügt zuckelt sie mit dem Leiterwagen die Passstraße hinunter.

Er springt in die Luft. „Ich bin frei", jubelt er, „jetzt kann ich wieder von vorne anfangen. Ich gehe in die Stadt, stöbere im Antiquariat und beginne eine neue Sammlung." Mit einer leichten Drehung des Kopfs wendet er sich Golo zu. „Wäre das etwas für dich? Ein Koffer voller Gedichtbände? Oder hättest du lieber eine Truhe oder eine Zaine? Du darfst entscheiden, denn diesmal sammle ich für dich."

Golo schlägt vor: „Lass doch erst deine Sammelleidenschaft walten! Dann sehen wir weiter."

Der Mann läuft die Passstraße hinunter, winkt. „Ich komme gern auf dich zu."

Golo wählt den Weg über den Bergkamm. Er genießt die weite Sicht auf die Waldberge ringsum. Eine Frau holt ihn ein. „Darf ich dir meine Dachwohnung zeigen? Sie wird dir sicher gefallen."

- „Deine Wohnung? Möchtest du sie vermieten oder verkaufen?" fragt Golo.

Sie geht mit ihm den Bergweg entlang, bis sie vor ein mehrgeschossiges Haus kommen. „Wieso denn? Es gibt nur eine kleine Führung, damit du siehst, wie ich lebe."

Schwungvoll öffnet sie die Haustür. „Zuerst steigen wir ein paar Treppen hoch."

Ganz oben schließt sie die Wohnungstür auf, lässt Golo eintreten. Er schaut zum großen Dachfenster hinaus. „Eine schöne Sicht auf den Waldberg hast du." Sie bittet ihn, auf einem Polstersessel Platz nehmen. „Probesitzen, nur kurz." Er setzt sich.

„Fühlst du dich relaxt?" fragt sie.

Mit einem Sprung kommt er aus dem Polster. „Es geht schnell. Ich war kaum abgesessen. Und schon spürte ich zugleich Entspannung und neue Kraft."

In der Küche bietet sie ihm einen Himbeersaft an. „Was sagst du dazu?"

Er trinkt ein Glas. „Hast du die Beeren selber gepflückt? Er schmeckt so frisch, als würde ich sie im Wald vom Strauch genießen."

Sie weist auf die Saftpresse. „Selber gepflückt und gepresst."

Im Bad überrascht sie ihn mit einer ausrangierten Flugbadewanne. „Sie fliegt nicht mehr. Aber wenn du drin liegst und die Augen schließt, hast du das Gefühl, abzuheben und in den Himmel zu gleiten."

Zuletzt zeigt sie ihm das Schlafzimmer mit einem großen

Doppelbett und einem Schreibtisch, deutet auf ein Buch. „Wenn ich erwache, notiere ich die Träume im Traumbuch." Der Einband ist dunkelblau, mit funkelnden Sternen versehen. Sie begleitet ihn zur Wohnungstür. „Hat dir meine Wohnung gefallen?"

Er tritt ins Treppenhaus. „Ich fühlte mich in allen Räumen wohl."

- „Kommst du mich einmal besuchen?" fragt sie.

„Wenn ich wieder auf dem Berg bin, schaue ich bei dir vorbei", sagt er und trippelt die Treppe hinunter.

„Telefoniere vorher, dann gibt es ein feines Essen", ruft sie ihm nach.

Wiederum im Freien, lenkt Golo die Schritte auf einen Weg, der einen Wiesenhang durchquert. Er führt an einem kleinen Haus vorbei. Mit einem Lappen reinigt ein Mann den runden Gartentisch. „Sind dir beim Schöpfen auch schon 2 Menüs durcheinandergeraten?"

- „Wie meinst du das?" erkundigt sich Golo, „möglicherweise habe ich die Frage nicht ganz verstanden."

Der Mann hängt den Lappen mit 2 Klammern an eine Schnur, die er zwischen den Balken des Vordachs gespannt hat. „Darf ich dich zum Essen einladen? Dann führe ich dir vor, was ich meine."

- „Vielleicht kannst du es mir auch sonst beschreiben", erwidert Golo.

Der Mann läuft ins Haus. „Warte, ich zeige es dir gerne." Er kehrt mit einem Tablett zurück. Darauf befinden sich 2 Teller, Besteck, 2 Pfannen und eine Salatschüssel.

„Jetzt hast du mich überrascht", versetzt Golo lachend, „ich würde gern ein andermal mit dir essen."

Der Mann setzt sich an den Tisch, schöpft Spaghetti in einen Teller. Aus der zweiten Pfanne löffelt er Sauce über die Teigwaren. „Bis jetzt ist alles noch an seinem Ort."

Nun nimmt er Salat aus der Schüssel in den Teller. Die Salatsauce droht, zu den Spaghetti zu fließen. Rasch dreht er den Teller. „Du siehst, fast hätten sich die beiden Menüs vermischt. Der Gartentisch steht eben leicht schief."

- „Das finde ich nicht schlimm", sagt Golo, „wenn die Salatsauce zu den Spaghetti fließt. Aber du hast ja den Dreh herausgefunden. Du könntest sonst den Salat auch in den zweiten Teller schöpfen."

Der Mann lächelt. „Den habe ich für dich gebracht."

Golo dankt vielmals, aber er macht eine ausladende Armbewegung. „Ich möchte sehen, wohin dieser Weg mich führt."

Beim Weitergehen durch den Wiesenhang sieht er in der Tiefe des Tals ein riesiges Tier. Es gleicht einem Elefanten, hat jedoch ein zottiges Fell und längere, leicht geschweifte Stoßzähne. „Das muss ein Mammut sein", schießt ihm durch den Kopf. Er rennt den Hang hinunter, möchte das Tier aus der Nähe betrachten. Sehr schnell entfernt es sich, läuft um eine Waldzunge. Als Golo dort anlangt, sieht er nur noch die großen und tiefen Fußabdrücke, die es hinterlassen hat. Er trifft eine Frau, die den Spuren folgt. „Es sieht fast so aus, als wäre hier ein Elefant oder ein Nilpferd durchgekommen."

- „Es war ein Mammut", berichtet Golo, „ich habe es gesehen."

- „Das möchte ich auch sehen", wünscht die Frau und beschleunigt ihre Schritte. Eine Weile lang mag Golo mithalten. Dann bleibt er stehen, muss Luft holen. Er schaut sich um, befindet sich vor einem verlassenen Spielplatz. Die Hütten sind aus rauen Holzbrettern gezimmert. Bei der Hütte in der Mitte legt ein Mann den Hammer ab.

Golo fragt ihn: „Hast du das Tier gesehen?"

 - „Ich schlug gerade einen Nagel ein und war ins Hämmern vertieft. Da hörte ich ein anschwellendes Getrampel, wie einen Donner, der heranrollt. Die Erde zitterte. Als ich die Hütte verließ, war das Tier allerdings schon weg, und ich kümmerte mich wieder um den Bau."

- „Wieso läufst du nicht den Spuren nach?" erkundigt sich Golo.

Der Mann lacht. „Wenn ein Reh kommt und flieht, renne ich ihm auch nicht hinterher. Ich beobachte einfach die Natur im und ums Hüttendorf."

- „Wer hat denn die Hütten gebaut?" möchte Golo wissen. Der Mann winkt ihm, führt ihn durch den Spielplatz. „Die meisten Hütten haben die Kinder selber gebaut. Bei manchen halfen die Eltern, legten Hand an, wenn sie es wünschten." Stolz zeigt er Golo die Hütte in der Mitte. „Sie soll als Anregung dienen, was man mit einfachen Brettern und Holzresten aus der Sägerei bauen kann." Seine Hütte sieht wie ein kleines Schloss mit sechseckigem Grundriss aus. „Das ist das Schöne am Hüttenbau: Dass man nie fertig wird. Stets kann man ein Türmchen oder einen Erker anbauen."

Golo kehrt zur Spur zurück. Der Mann betrachtet die tiefen Fußabdrücke. „Das muss ein Elefant gewesen sein."

- „Die Spuren stammen von einem Mammut", berichtet Golo.

Der Mann schiebt die Mütze in den Nacken. „Jetzt verstehe ich, warum die Spur für dich so wichtig ist. Du musst ihr unbedingt nachgehen."

Golo dankt ihm für die Führung durchs Hüttendorf, folgt wieder der Spur. Sie führt durchs Grasland, an einem soliden Holzbau mit riesigen Fenstern vorbei. Säulenartig ragen die Träger auf, streben zu Balken, die wie eine Baumkrone das runde Dach tragen. Eine Frau tritt aus dem Haus. „Ich war gerade in der Küche, als ich ein gewaltiges Stampfen hörte. Ich schaute hinaus, sah ein Mammut rennen."

- „Ich habe es nur von Weitem gesehen", berichtet Golo.

Sie fragt mit einem Augenaufschlag. „Und nun folgst du seiner Spur?"

- „Gern würde ich herausfinden, wo und wie es lebt", erwidert er.

Das Haus und die Schilder

Weit draußen glänzen Wolken im Seespiegel, scheinen im tiefblauen Wasser zu schweben. Golo wandert das Ufer entlang. 2 Männer tragen einen Resonanzkasten, auf welchem ein Klangstab auf Noppen liegt. Sie schieben den Kasten halb ins Wasser. Wellen schlagen dagegen. Der Schlag überträgt sich auf den Klangstab, bringt ihn in Schwingung. Ein tiefer Klang brummt, kaum hörbar im Plätschern und Rauschen. Die Männer lauschen vergnügt.

„Unser Experiment ist geglückt", sagt der jüngere Mann.

Der Ältere legt das Ohr an den Resonanzkasten. „Der Klang ist stark."

Der Jüngere fragt Golo: „Hörst du den Klang?" Er winkt ihn heran. „Sonst musst du auch das Ohr an den Kasten halten."

Golo drückt das rechte Ohr an den Resonanzkasten, erstaunt. Der Wellenschlag, den er auf diese Weise fast wie einen Schlag auf eine Trommel erlebt, lässt den Klangstab brummen. Der Ältere schlägt vor: „Wir werden den Klangstab nach dir benennen."

- „Schließlich", meint der Jüngere, „bist du der erste Zuhörer, wenn wir uns nicht zählen."

„Wie heißt du?" erkundigt sich der Ältere.

Vergnügt lächelnd, nennt Golo seinen Namen.

Der Jüngere schreibt mit Kreide in Großbuchstaben „GOLO" auf den Resonanzkasten.

„Du kannst stolz sein. Jetzt ist der Kasten nach dir benannt", bemerkt der Ältere.

Golo dankt für die Ehre, setzt seinen Erkundungsgang fort. Wellensterne blitzen. Bei einem Bootssteg sind ein Mann und eine Frau ins Gespräch vertieft.

„Auf der Ferieninsel sind alle Gäste einzeln betreut", behauptet der Mann.

Die Frau widerspricht: „Das ist doch gar nicht möglich, gleich viele Gäste wie Betreuungspersonen zu unterhalten."

Er versteift sich: „Auf der Ferieninsel schon."

Sie wendet dagegen ein: „Gerade auf der Insel hat es nicht so viel Platz. Da würden sich die Gäste und die Angestellten auf die Füße treten."

In diesem Moment streift der Mann Golo mit einem Blick. „Wir reden gerade über die Ferieninsel."

- „Und hätten gern deine Meinung eingeholt", fügt sie bei.

Golo späht auf den See hinaus. „Wo ist denn die Ferieninsel?"

2 kleine Segelboote nehmen Kurs auf den Bootssteg. Die Seglerinnen drehen bei, vertäuen sie. „Möchte jemand zur Ferieninsel hinüberfahren?"

- „Mein Mann und ich sind uns nicht einig. Er meint, auf der Insel würde jeder Gast speziell und einzeln betreut", berichtet die Frau.

Die Seglerin des ersten Bootes lädt sie ein: „Steig bei mir ein! Ich führe dich gern hinüber. Dort kannst du selber ein Bild gewinnen."

Die Frau nimmt im ersten Segelboot Platz. Die Seglerin löst das Tau, setzt sich ans Steuerruder, strafft die Segel.

Das Boot nimmt sogleich Fahrt auf. Die Wellen plätschern gegen Bug. Leicht schaukelnd gleitet das Boot auf den offenen See hinaus.

Der Mann wendet sich an die zweite Seglerin. „Darf ich bei dir einsteigen?"

- „Das würde mich freuen", sagt sie.

Er lässt sich im Boot nieder. Die zweite Seglerin holt das Seil ein, geht zum Steuerruder, dreht die Segel. Das zweite Boot kommt in Fahrt.

„Soll ich dir auch ein Boot schicken?" fragt sie Golo noch schnell.

- „Lasst euch Zeit! Zuerst wird das Paar die Insel erkunden", ruft er ihr nach. Er schaut den Booten zu, wie die Segel in der Ferne mit den lichten Blautönen des Wassers verschmelzen.

Golo folgt dem Uferweg. Eine Frau holt ihn ein. Sie trägt einen Korb mit Kuchen und Wein. „Ich besuche meine Großmutter. Sie hat Geburtstag. Willst du mitkommen und ihr gratulieren?"

Golo gibt zu bedenken: „Ich kenne deine Großmutter nicht."

- „Das spielt keine Rolle", meint sie, „jeder Besuch freut sie."

Sie biegen vom Uferweg ab, gehen das Landsträßchen entlang zu einem Haus mit efeubesetzten Mauern. Die Frau drückt die Klingel, wartet, drückt die Klinke.

„Die Tür ist offen. Ich weiß schon, wo die Großmutter ist. Sie sitzt im Estrich oben, feiert dort ihren Geburtstag."

Sie steigen die Treppen zum Estrich hoch, wo eine alte Frau auf einem Sessel sitzt. Neben ihr auf einem Tisch brennt eine Kerze. „Wie habt ihr mich gefunden?" fragt sie mit gespielter Verwunderung.

Die Frau lacht. „Du feierst den Geburtstag immer im Estrich, weil da alles so ist, wie es immer war."

Ihre Großmutter wendet sich Golo zu: „Wer bist du?"

Er stellt sich vor, sagt: „Ich bin nur kurz hinaufgekommen, um dir zum Geburtstag zu gratulieren."

- „Wird sein", entgegnet sie, „du wirst doch noch einen Kaffee mit uns trinken."

Golo lässt sich auf einem Stuhl nieder. Erst jetzt sieht er die vielen Stühle, die im Estrich aufgestellt sind. Immer mehr Gäste treffen ein. Zwischen 2 Begrüßungen verabschiedet sich Golo, steigt die Treppen hinunter und kehrt auf das Landsträßchen zurück. Am Rand sieht er ein altes schwarzes Wandtelefon mit Hörer liegen. Aus Neugier nimmt er den Hörer in die Hand.

Eine Stimme meldet sich: „Hallo, mit wem spreche ich?"

Golo sagt seinen Namen.

„Was willst du?" fragt die Stimme, „kann ich irgendetwas für dich tun?"

- „Wer bist du?" möchte Golo wissen.

Es knackt in der Hörmuschel. Ein gleichmäßig piepender Ton meldet, dass die Verbindung unterbrochen ist.

Golo hängt den Hörer wieder ein. Ein paar Schritte weiter sieht er einen etwas moderneren Tischtelefonapparat, kann es nicht lassen, hebt den Hörer ab. Eine andere Stimme meldet sich: „Wer ist da?"

- „Ich", sagt Golo.

Die Stimme lacht. „Was für ein Zufall! Ich bin auch ich."

- „Ich wollte sagen", fährt Golo fort, „ich bin überrascht, dass

machst und hineinguckst?" ermuntert sie ihn mit einem Augenaufschlag.

Er öffnet die Tür, streckt den Kopf in den Eingangsraum, ruft: „Hallo!"

- „Denkst du im Ernst, da wäre jemand zu Hause?" fragt sie mit glucksendem Lachen.

„Also direkt hinter der Tür ist ein schmaler Eingangsraum. Ich sehe 3 Türen und eine Treppe. Es antwortet niemand", berichtet er und zieht den Kopf zurück.

Sie schiebt sich an ihm vorbei. „Welche Tür soll ich zuerst öffnen?"

- „Die erste links", schlägt Golo vor.

Sie drückt die Klinke, reißt die Tür auf, ruft: „Das ist stark!" Er tritt in den Eingangsraum, guckt ihr über die Schulter. Über einem alten Kochherd hängt ein Schild mit der Aufschrift: „Lese das Schild im Garten!"

Golo wendet sich zum Gehen. „Die wollen nicht, dass wir das Haus erforschen."

- „Trotzdem würde ich gern ganz kurz einen Blick in die anderen Zimmer werfen", entgegnet die Frau, macht die zweite Tür auf. Ein Schild prangt über dem rostigen Ofen. „Lese das Schild in der Küche", steht darauf.

Golo tritt von einem Fuß auf den anderen. „Das ist der Moment, wo wir das Haus verlassen", rät er.

Die Frau hingegen stößt ins dritte Zimmer vor, wo das Schild über einem Bett hängt. Es mahnt: „Lese das Schild in der Stube."

Golo geht ins Freie. „Ich habe genug gesehen."

Sie folgt ihm. „Hast du unsere kleine Entdeckungsreise spannend gefunden?"

- „Wir haben uns leider nicht ans erste Schild gehalten", bedauert er, kehrt auf den Wiesenweg zurück.

Wilde Himbeeren

Wie ein schwebender Teppich breitet sich Farn in der Waldlichtung aus. Golo sieht am Wegesrand eine Staffelei mit einem großen Korb voller Stifte. Ein Blatt Papier im Plakatformat ist mit Klebeband am Brett befestigt. Eine muntere Kinderstimme kommt näher. Das Kind nimmt einen Stift aus dem Korb, fragt Golo: Was soll ich zeichnen?"

- „Was ist dein Lieblingstier?" fragt Golo zurück.

„Der Drache", antwortet das Kind, ohne lang zu überlegen.

„Dann zeichne einen Drachen", schlägt er vor.

Es malt einen Drachen, dreht sich um, sieht die Mutter eintreffen.

„Kannst du eine Prinzessin zeichnen?"

Sie tritt auf die Lichtung, zaubert mit den Stiften eine Prinzessin aufs Bild.

Der Vater kommt dazu. Von ihm wünscht sich das Kind einen Ritter. Er geht an die Staffelei, malt ihn mit wenigen Strichen. Das Kind legt den Stift ab. „Und jetzt greift der Drache die Prinzessin an."

Es hebt die Hände, rennt zur Mutter. Sie läuft geschwind davon. Das Kind rennt ihr nach.

„Ich bin der Ritter", stellt sich der Vater vor, läuft hinterher.

Golo guckt der munteren Familie nach, betrachtet die lebendige Zeichnung.

Eine Frau spaziert durch den Wald, nähert sich der Lichtung. „Hast du das Bild gemalt?

Golo berichtet: „Das war eine junge Familie. Zuerst malten das Kind und seine Eltern. Dann spielten sie das Bild. Der Drache verfolgt die Prinzessin, der Ritter den Drachen." Er weist mit dem Arm in den Wald. „Sie sind in diese Richtung gelaufen."

Die Frau sagt: „Ich muss sie unbedingt treffen. Das Bild gefällt mir. Ich würde es gern in meiner Galerie ausstellen."

Außer Atem kehrt die Mutter, dicht verfolgt vom Kind, zur Lichtung zurück.

Die Frau fragt: „Kann ich das Bild haben?"

Die Mutter antwortet: „Wozu denn?"

Das Kind, dass sich gerade in den Mantel der Mutter verkrallt hat, horcht auf.

- „Was will die Frau?"

- „Das Bild", teilt sie ihm mit, streift mit der Hand über den Mantel.

Das Kind lässt ihn los. „Wir schenken dir das Bild. Du kannst es bei dir zu Hause aufhängen."

Die Frau erklärt: „Ich habe eine Galerie. Dort werde ich es allen Leuten zeigen. Kommt mit und zeigt mir die Wand, wo ihr es gern hängen seht."

Der Vater, der nun auch die Lichtung erreicht, löst das Klebeband sorgfältig. „Meine Frau und mein Sohn erleben heute viele Überraschungen. Wenn ich gewusst hätte, dass das Bild in eine Galerie kommt, hätte ich den Ritter ganz anders gemalt."

- „Das wäre schade", meint die Frau.

Die Mutter rollt das Bild ein. „Dann verwandeln wir uns zurück und begleiten dich zur Galerie."

- „Bist du auch dabei?" fragt das Kind Golo.

Er lässt sich von der Galeristin den Weg beschreiben. „Ich schaue mich noch ein bisschen im Wald um, komme später nach."

Das Kind erkundigt sich bei der Mutter, ob es auch im Wald bleiben dürfe.

„Dich brauchen wir doch", erwidert sie, „du darfst sagen, wo das Bild aufgehängt wird."

Die Familie und die Galeristin entfernen sich. Golo horcht den fröhlichen Stimmen nach, schlägt einen vermoosten Waldweg ein. Die Kronen der Bäume rauschen im Wind. Im Wurzelgeflecht einer mächtigen Eiche sitzt ein Mann an einem Schreibtisch. „Ich arbeite an einer Statistik."

- „Lass dich nicht stören", bittet Golo, „ich bin gleich wieder verschwunden."

Der Mann steht auf. „Bleibe eine Sekunde! Ich erkläre dir gern meine Buchhaltung. Ich verbuche die Durchgänge der Ameisen. Ich lese einen Wurzelstrang aus. Dann zähle ich die Ameisen, die in einer Minute durchkommen. Nachher wende ich mich einem anderen Strang zu und notiere wiederum die Anzahl der Durchgänge. Auf diese Weise gewinne ich Vergleichszahlen und kann den beliebtesten Wurzelstrang ermitteln. Ich stehe erst am Anfang, habe aber schon eine überraschende Entdeckung gemacht. Es ist nicht der breite, gerade Wurzelstrang, der die höchste Anzahl erreicht, sondern ein gewundener, kleiner. Bis jetzt verzeichnet er die meisten Ameisen."

- „Hast du eine Vermutung, weshalb der kleine Nebenstrang beliebter als der Hauptstrang ist?" fragt Golo.

„Ich bleibe vorerst bei der einfachen Statistik. Was daraus

wird, kann ich jetzt noch nicht sagen", erwidert er und richtet das Augenmerk auf einen neuen Wurzelstrang, der den Ameisen als Straße dient.

Golo überlässt ihn seiner Beobachtung, geht auf dem Waldweg weiter. Zwischen den Ästen fällt Sonnenlicht auf sein Gesicht. Ein Mann steuert zielstrebig unter dem grünen Dach hindurch, macht Golo ein Angebot: „Ich repariere deine Uhr zum Einheitspreis in kurzer Zeit."

- „Aber sie ist gar nicht defekt", entgegnet Golo.

Der Mann legt einen freundlichen Ton in die Stimme. „Darf ich sie einmal anschauen?"

Golo zieht seine Sackuhr aus der Tasche, löst sie von der Kette. „Ich bin sehr zufrieden mit ihr."

Der Mann dreht und wendet sie in der Hand. „Sie hätte eine Reinigung nötig. Die kann ich auch zum Einheitspreis anbieten."

- „Solange sie einwandfrei läuft, hat es damit keine Eile", findet Golo. Er streckt die Hand aus, lässt sich die Uhr zurückgeben, steckt sie an die Kette.

Aus der Brusttasche seines Kittels klaubt der Mann ein Visitenkärtchen hervor. „Für den Fall, dass deine Uhr den Fachmann braucht, findest du mich in der Stadt." Er wandert tiefer in den Wald hinein.

Golo lenkt seine Schritte zum Waldrand. Ein Schleifenweg führt in die Altstadt hinunter. Hinter dem Stadttor rollt eine Frau Garderobenständer mit Kleidern aufs Trottoir. „Unsere Kleider sind wie für dich genäht, vor allem die Hemden." Sie zeigt ihm einen Bilderbogen mit vielen Blumen. „Wir malen dir deine Wunschblume aufs Hemd." Neben den Ständer mit den Hemden stößt sie einen Rollwagen mit Farben.

„Wählst du zum Beispiel die Erika, so male ich dir viele kleine Erikablüten aufs Hemd. Dadurch wird es zum Unikat." Sogleich tupft sie mit einem feinen Pinsel lila Blüten auf ein Hemd. „Die Farbe trocknet rasch. Möchtest du es haben? Oder hättest gern eine ganz andere Blume auf dem Hemd?"

Golo betrachtet die Kleider. „Wenn ich ein Hemd brauche, schaue ich bestimmt bei dir herein."

Er setzt seinen Weg durch die Altstadt fort. Zu beiden Seiten der kopfsteingepflasterten Gasse reihen sich bunt gestrichene Giebelhäuser. In einem kleinen Park sitzen eine Frau und ein Mann auf einer Bank. Sie schlägt die Augen auf, weist mit der Hand auf die gegenüberliegende Bank. „Setz dich zu uns. Vielleicht kannst du uns helfen."

Golo nimmt Platz. „Worum geht es?"

Der Mann berichtet: „Wir verstehen uns immer."

- „Was gibt es da zu helfen?" fragt Golo.

Die Frau sagt: „Wir haben uns eben gefragt, was wir tun, wenn wir uns einmal nicht verstehen."

- „Wir wären überhaupt nicht darauf vorbereitet", fügt der Mann bei.

Sie hebt beide Arme: „Denn wir haben uns ja immer verstanden."

- „Plötzlich ist uns eingefallen, dass es nicht selbstverständlich ist", ergänzt er.

Golo meint: „Wenn es eintrifft, dass ihr euch nur einmal nicht versteht, dann könnt ihr euch zuerst einmal erinnern, in wie vielen Dingen ihr euch gut versteht."

Der Mann atmet erleichtert auf. „Das könnte hilfreich sein."

- „Das hilft", versichert Golo und steht auf.

Er entdeckt ein Schild mit einem Pfeil. Darauf steht: „Zum Haus des Schriftstellers". Zuerst sind es nur wenige Leute, die wie Golo dem Schild folgen. Ein Mann erzählt ihm: „Es wurde gut geschaut, das Haus wie zu Lebzeiten des Schriftstellers zu erhalten. Du gehst hinein, siehst Originalmanuskripte auf dem Schreibtisch."

Schon kommt das Haus in Sicht, der Zugang ist frei. Nur wenige Besucher sind da, als Golo eintritt. An allen Wänden, auch im Flur und Treppenhaus hängen großformatige Bilder. Dann plötzlich füllt sich das Haus. Immer mehr Gäste strömen hinein. Alle wollen die Einrichtung sehen. Golo versucht, an ihnen vorbei ins Freie zu gelangen. Aber sie drängen sich dicht an dicht hinein, es gibt keine Durchgangsmöglichkeit, im Gegenteil, Golo wird zurück in den Raum mit dem großen Schreibtisch geschoben, wo sich eh schon viele Besucher tummeln. Es gelingt Golo, zu einem Fenster zu kommen. Er öffnet es, schnappt Luft, klettert hinaus und rettet sich mit einem Sprung in den Garten, der sich auch mit Gästen zu füllen beginnt. Noch gibt es ein Durchkommen. Golo windet sich zwischen den Besuchern durch, erreicht eine Straße, die zum Stadtpark führt. Auf einer Bühne spielen 3 Musiker, der Gitarrist, der Bassist und der Schlagzeuger. Vor der Bühne machen sich Austauschmusiker bereit. „Es gibt ein ‚unendliches' Konzert", erklärt ein Musiker, „wird jemand auf der Bühne müde, so springt ein Stellvertreter von uns ein."

Es kommt jedoch anders als geplant. Mitten in einem Stück legt der Gitarrist sein Instrument ab, springt von der Bühne. Der Bassist und der Schlagzeuger rufen ihn zu-

140

rück, aber der Gitarrist läuft durch den Ring des Publikums in den Park hinein. Der Bassist und der Schlagzeuger rennen hinterher. Anstatt die Instrumente zu übernehmen, laufen auch die Stellvertreter dem Gitarristen nach. Das Publikum hält das Ganze für eine Showeinlage, klatscht, lacht, schreit: „Fangt ihn! Fangt ihn!"

Ohne Eile schlägt Golo denselben Weg wie der Gitarrist und die Musiker ein, verlässt den Park, gerät vor ein hohes Haus. Vor der Tür steht ein breitschultriger Mann in Hosen, die vom Bund bis zu den Füssen Taschen aufgenäht haben. Sie sind ausgebeult. Es scheint keine einzige Tasche leer zu sein. „Du hast einen interessierten Blick auf mein Haus geworfen", stellt er fest.

Golo fragt: „Gehört es dir?"

- „Sozusagen", antwortet er schmunzelnd, „ich bin der Hauswart."

- „Das Haus gibt sicher viel zu tun", vermutet Golo, schätzt die Zahl der Stockwerke auf etwa 10.

Der Hauswart spreizt die Beine, dreht die Füße nach außen. „Wem sagst du es! Deshalb suche ich einen Gehilfen. Du siehst vertrauenerweckend aus. Dich würde ich jederzeit für eine Anstellung empfehlen."

Golo bedauert: „Ich bin viel unterwegs. Du würdest deinen Gehilfen selten sehen."

- „Das macht fast gar nichts", erwidert er, „Hauptsache, du bist tüchtig und setzt dich ein."

Hinter dem Haus schlängelt sich ein Wiesenpfad den Hang hinauf zu einem kleinen Aussichtspunkt, wo wilde Himbeeren wuchern. Golo genießt die Aussicht auf die Waldberge, pflückt Himbeeren. Eine Frau steigt hinauf.

„Magst du Himbeersirup? Er ist bereits angemacht mit frischem Quellwasser." Sie nimmt aus dem Rucksack 2 Gläser, stellt sie auf eine Felsenplatte, schenkt Sirup aus der Flasche ein. Golo probiert ihn. „Wie hast du das geschafft", lobt er, „er schmeckt wie die wilden Himbeeren."

- „Ich habe die Beeren hier gepflückt, dann sorgfältig Sirup mit so wenig Zucker als eben gerade nötig gekocht", berichtet sie. Sie blickt ihn unverwandt an. „Und jetzt würde ich gern mit dir tanzen."

Golo stellt das Glas ab. „Ohne Musik?"

- „Der Mensch hört immer irgendwelche Musik aus dem Rauschen der Bäume heraus", erwidert sie, schlingt den Arm um seine Hüfte. Er legt den Arm über ihre Schulter. Sie drehen sich und tanzen im Wind, der beim Aussichtspunkt durch die Bäume streicht.

Murmeln in der Wurzelbucht

Eine leichte Brise fächelt die Blätter. Golo spaziert durch den Wald, begegnet einem Mann mit einem flachen Handkoffer. „Rate, was ich dabeihabe", ermuntert er ihn. Golo vergewissert sich: „In deinem Handkoffer?"

- „Genau", sagt der Mann fröhlich, „das errätst du nie."

- „Was könnte ein Mann in einem flachen Handkoffer in den Wald führen?" denkt Golo laut, „ist es ein Manuskript?"

Der Mann lacht, legt den Koffer auf eine Felsenplatte, klappt ihn auf. „Von selber würdest du nie darauf kommen." Der Koffer enthält kleine Teile. „Es ist ein iPhone zum Selbstbau."

Mit geschickten Fingern fügt er die Teile zusammen. Kaum ist er fertig, erklingt der Rufton. Er hebt die Schultern. „Ich dachte es. Jetzt ist es mit der Waldesruhe vorbei." Er meldet sich. Eine Stimme erkundigt sich: „Hast du es geschafft?"

- „Wie du ohne Zweifel hören kannst", antwortet der Mann, „ich beende das Gespräch. Ich muss mich kurzfassen."

Tatsächlich erhält er in der Folge ununterbrochen Anrufe, als hätten zahllose Menschen nur darauf gewartet, ihn zu erreichen. Er nimmt das Taschentuch, wischt sich den Schweiß von der Stirn. „Das iPhone zu bauen, war ein Kinderspiel" bemerkt er zwischen 2 Anrufen, „es zu bedienen, ist streng."

Golo wünscht ihm, dass der Ansturm sich wieder beruhigt, und geht weiter.

Auf den Steinen schimmert sattgrün das Moos.

Er trifft eine Frau. „Ich bin daran, aus dem Vorstand zurückzutreten", berichtet sie.

Sie führt Golo zu einer Art Palast am Waldrand. „Hier residiert unser Verein." Hüpfend steigt sie die Treppe hoch. Ihr Büro befindet sich in einem kleinen Saal. „Bei der letzten Sitzung, an der ich teilnehme, werde ich mich für Ziegen- und Schafmilch einsetzen."

Sie öffnet einen Kühlschrank, lässt Golo ein Gläschen Ziegen- und ein Gläschen Schafmilch kosten. „Sie sind ebenso kostbar wie Kuhmilch, werden aber seltener bestellt. Der Verein könnte sich dafür einsetzen, dass wir dafür werben."

- „Soll nicht jeder einfach die Milch, die ihm behagt, trinken?" fragt Golo.

Sie sagt: „Es ist das Ziel unseres Vereins, Nischenprodukte zu fördern."

Golo verlässt den Palast, folgt dem Weg, der den Waldrand säumt. Durch die Bäume streift der Wind.

Ein Mann kommt ihm entgegen, trägt tellergroße Mausohren. „Es gibt Proben für ein Musical. Ich soll eine Maus spielen. Die Rolle liegt mir nicht. Ich möchte keine Maus sein."

- „Warum trägst du dann die Mausohren?" wundert sich Golo.

„Ich möchte herausfinden, wie es sich anfühlt, eine Maus zu sein. Leider ist keine andere Rolle mehr frei", bedauert der Mann.

Golo streift das Haar aus der Stirn. „Wärst du unter Umständen dennoch bereit, die Maus zu spielen? Einfach, um dabei zu sein?"

Der Mann lässt die Schultern hängen. „Danach sieht es aus. Lieber wäre ich ein Tiger oder Panther." Unter diesem Gespräch langen sie bei der Freiluftbühne an. Die Regisseurin trippelt die Treppe hinunter. „Hast du eine Ersatzmaus mitgebracht? Oder möchtest du sie selber spielen?"

- „Ich habe es mir überlegt", antwortet er, „ich spiele die Maus." Er steigt auf die Bühne.

Sie folgt ihm. „Dann können wir mit der Sprechprobe beginnen." Golo überlässt sie ihrer Probe, wandert weiter. An den Bäumen schimmern die Blätter.

Er kommt zu einem großen Kiesplatz, dem Außenatelier eines Bildhauers, der seine Statuen anmalt. „Früher schlug ich sie einfach aus dem Stein heraus. Jetzt setze ich Farben ein." Er verwendet leuchtende Farben: Pink, Lichtorange, Türkisblau, Sonnengelb, Eidechsengrün, Korallenrot, Krokuslila. Golo schaut ihm zu. Der Bildhauer malt leidenschaftlich, lässt die Farben ineinanderfließen. Er tanzt um seine Figuren herum, taucht die Pinsel tief in die Farbe. Als Golo genauer hinschaut, sieht er, dass alle Figuren mit einem Pinsel ausgestattet sind. Sie scheinen sich gegenseitig im Tanz zu bemalen. Der Bildhauer weist mit dem Arm über sein Außenatelier. „Den ganzen Platz werde ich mit Figuren füllen."

- „Das gibt noch viel zu tun", bemerkt Golo und geht weiter.

Durch viele Kehren windet sich ein Weg den Wiesenhang

hinunter.

In einem Park spricht ihn eine schwangere Frau an: „Gerade vorhin traf ich eine ehemalige Schülerin. Da ich bald Mutter sein werde, hatte ich eine drängende Frage: Wie war ich als Lehrerin? Sie sagte, sie habe sich bei mir immer wohlgefühlt und manchmal sogar gewünscht, dass ich ihre Mutter wäre. Ist das nicht ein wunderbarer Bescheid?" Golo hält inne. „Du denkst viel über das Muttersein nach. Da hat dich die ehemalige Schülerin sicher sehr zuversichtlich gestimmt."

- „Und glücklich", fügt sie bei.

Golo schaut ihr nach, wie sie mit wiegendem Gang davonschreitet. Er entdeckt ein Weidenhaus. Die Äste mehrerer Bäume sind zu einer großen Kuppel verflochten. Er tritt ein, lässt das weiche, grüne Licht auf sich wirken. Steinquader sind in der Runde verlegt. Eine Frau und ein Kind kommen herein. Der kleine Junge klettert auf die Quader, springt hinunter. Sie beobachtet die Landung. „Geh immer weich in die Knie", legt sie ihm nahe. Zu Golo bemerkt sie: „Im Moment steigt er gern überall hinauf und möchte dann hinunterspringen. Es fällt mir schwer, mich zurückzuhalten. Oft sieht es gefährlich aus. Aber wir müssen beide lernen. Er übt, die Höhe richtig einzuschätzen. Ich übe die Zurückhaltung."

Vor dem Weidenhaus hat der Junge einen Handwagen abgestellt. Er lädt ein paar Steine ein, rennt mit dem Wagen davon. Die Frau eilt hinterher. Golo verlässt das Weidenhaus, sieht Frauen und Männer, die sich als Straußenvögel verkleidet haben. Sie tragen ein Federkleid, spielen mit einem Ball, der die Form und Größe eines

Straußeneis hat. Ein Mann fragt Golo: „Willst du auch mitspielen?"

Golo erwidert: „Ich schaue erstmal zu, bis ich die Regeln begriffen habe."

- „Wir spielen Schnappball. Es gibt nur eine Regel: Einer versucht, den Ball zu erhaschen, den wir uns zuspielen. Schafft er es, so muss der, welcher den Ball verlor, in den Kreis und versuchen, den Ball zu schnappen", erklärt der Mann. Eine Frau im Federkleid weist auf eine Ansammlung von Taschen und Handkoffern am Rand des Spielrasens. „Schau nach! Du findest sicher ein Kostüm, das passt. Es macht Spaß, sich als Strauß zu verkleiden und mitzuspielen."

Golo verlegt sich zunächst aufs Zuschauen. Während er verfolgt, wie eine Frau dem Ball nachjagt, den die anderen sich höchst aufmerksam zuspielen, nähert sich ein Mann und fragt Golo: „Kann ich dich kurz sprechen?"

- „Worum geht es?" erkundigt sich Golo.

„Wir haben eine Unklarheit mit der Grenze", erklärt der Mann, „es geht darum, beide Seiten anzuhören."

Golo folgt ihm zum Rand des Parks, an welchen 2 Grundstücke grenzen. Die Grenze zum Park ist mit einem Heckenband klar markiert. Bei der Nachbarschaftsgrenze steht eine Frau und bedauert: „Es fehlen die Grenzsteine." Der Mann weist auf 2 große Lindenbäume. „Ihre Stämme stehen exakt auf der Grenze. Da braucht es keine weitere Markierung. Wenn wir die Schafe weiden lassen, ziehen wir den Zaun immer zwischen den Bäumen."

Golo findet: „Dann ist es einfach. Möglicherweise haben die Wurzeln der Linden die Grenzsteine verwachsen."

Sie gehen nachschauen. Tatsächlich, nach intensivem Suchen, kommen die Grenzsteine im Wurzelwerk zum Vorschein. Der Mann und seine Nachbarin geben sich die Hand. Sie atmet auf. „Das wäre nun geklärt. Wie können wir dir danken? Darf ich dir einen großen Schafkäse anbieten?"

- „Lieber nicht", erwidert Golo, „ich bin unterwegs und habe keinen Rucksack." Hinter den Nachbarweiden entdeckt Golo eine Bahnstation. Ein Zug fährt ein, hält an. Golo steigt ein, setzt sich ans Fenster. Zuerst ruckelt der Zug ganz leicht, dann rollt er los. Eine Frau schreitet durch den Wagen, nimmt Golo gegenüber Platz. „Während der Bahnfahrt lässt sich wunderbar plaudern. Wohin fährst du?"

- „Bis zur nächsten Station", antwortet Golo.

Sie öffnet die Tasche. „Knapp weit genug, um dir meine Geschichte zu erzählen. Ich habe in meiner Tasche immer einen winzigen Liegestuhl dabei. Wenn ich ihn aufklappe, kann ich meine Hand darauflegen. Und das ist für mich so entspannend, wie wenn ich auf einem richtigen Liegestuhl am Strand läge."

Mit diesen Worten klappt sie den Liegestuhl auf, platziert die rechte Hand darauf. Der Ringfinger und der Mittelfinger sehen wie locker entspannte Beine aus, der Zeigefinger und der kleine Finger wie herabhängende Arme.

Sie hebt die Hand, fragt Golo: „Willst du es auch einmal versuchen?"

Er legt seine Hand darauf, fühlt die Entspannung. „Das ist ein magischer Liegestuhl", anerkennt er, „ich fühle mich sofort entspannt."

- „Dann wäre es doch schade, bei der nächsten Station schon auszusteigen. Bleib doch einfach sitzen, lass die Hand ruhen und genieße das Gespräch mit mir."

Der Zug verlangsamt die Fahrt. Die nächste Station kommt in Sicht. Golo zieht die Hand zurück, steht auf. „Ich habe wirklich vor auszusteigen."

- „Das ist sehr schade", findet die Frau und legt wieder ihre Hand auf den Liegestuhl, während Golo aussteigt.

Neben dem Stationsgebäude befindet sich ein Haus mit einem offenen Warteraum, in welchem das Modell einer großen Armbanduhr tickt. Ein Junge lehnt dagegen, bringt es zum Wackeln. „Ich bin stark. Ich kann die große Uhr bewegen", freut er sich.

Seine Mutter mahnt zur Vorsicht: „Pass auf, dass sie nicht kippt."

Am Weg von der Bahnstation zum Wald steht ein Kurhaus. Eine Frau kommt ins Freie, erzählt Golo: „Für eine gewisse Zeit war ich separiert in einem einzelnen Raum. Jetzt darf ich mich wieder in allen Räumen und auch im Freien aufhalten."

- „Das ist sicher eine große Erleichterung", vermutet Golo. Vom Kurhaus ist es nicht weit zum Wald, aus welchem ein Mann mit Reisig heraustritt. „Es gibt viel Holz", sagt er zu Golo, „es macht mir Freude, Äste einzusammeln und nach Hause zu tragen. Wenn ich immer ein wenig mitnehme, habe ich genug zum Anfeuern."

- „Das geht wie von selber", anerkennt Golo.

Der Mann lädt ihn zum Essen ein. Golo dankt. „Wenn wir uns das nächste Mal treffen, könnten wir etwas abmachen." Er schlägt einen Waldweg ein. Sonnenstrahlen dringen durch die Blätter.

Eine Frau kommt ihm entgegen. „Es ist ein wunderbares Licht im Wald. Da würde ich gern von dir eine Porträtaufnahme machen, wie das Licht dein Haar umspielt." Golo stellt sich vor den Stamm einer urwüchsigen Linde. „Möchtest du mich hier fotografieren?"

Sie nimmt ihn mit ihrem iPhone auf, zeigt ihm alsdann das Bild. „Es wird dich an den Tag erinnern." Als sie ihm das Bild sendet, dankt ihr Golo.

Mitten im Wald findet Golo einen ausgedehnten Platz mit dunklem, weichem Waldboden. Dort streut ein Mann aus großen Säcken Murmeln aus. Kinder stürmen auf den Platz, spielen damit, lesen sie auf. Fröhlich hallen ihre Stimmen durch den Wald. Im wilden Getümmel kann nicht ausbleiben, dass ein Kind auf die Murmeln tritt, durch die wegflutschenden Glaskugeln ins Straucheln kommt. Bevor es stürzt, wird es jedoch von zahlreichen Armen gestützt und gehalten. Bei den Wurzelsträngen finden die Kinder Kugelbahnen, in den Wurzelbuchten sortieren sie Murmeln nach Farben.

Die Notizenscheune

Auf einem schmalen Weg gelangt Golo zu einem Haus. Der Mann, der darin wohnt, bietet ihm eine kurze Führung an. „In jedem Raum zählen wir bis 4. Du guckst dich um, dann laufen wir weiter."

Er beginnt im Flur, zählt bis 4, führt Golo in die Küche, wo er wiederum zählt. Dann führt er Golo für 4 Sekunden in den Wohnraum. Ebenso kurz ist der Aufenthalt im Büro. Beschwingt eilt er die Treppe hinauf, zeigt das Elternschlafzimmer und 2 Kinderzimmer. Nach 4 Sekunden Estrich geht die Reise durchs Haus in den Keller und den Heizungsraum, wo der Mann die Zahlen 1 bis 4 wie ein Mantra wiederholt. Unversehens steht er mit Golo wieder im Freien. „Hat dir die Führung gefallen?"

- „Wieso hast du so pressiert? Wir hätten uns doch auch in aller Ruhe dein Haus ansehen können", findet Golo.

„Das Zählen von 1 bis 4 macht mir Spaß", gesteht der Mann, „man verliert nirgends Zeit."

- „Aber ich habe genug Zeit", wendet Golo ein.

Der Mann versichert: „Ich habe auch genug Zeit, aber ich möchte, dass durch die Begrenzung der Reiz des Einmaligen entsteht. Wer zählt schon in jedem Raum von 1 bis 4?"

Golo lacht. „Das ist dir wirklich gelungen. Eine solche Führung habe ich bisher noch nie erlebt."

Er folgt dem Landsträßchen. In der Mitte einer Allee begegnet er einem Geschäftsmann mit einem Bücherkoffer.

„Ich verkaufe chinesische Romane. Willst du einen kaufen?"

Golo bedauert: „Ich kenne die chinesischen Schriftzeichen nicht."

Der Geschäftsmann winkt ab. „Das ist nicht weiter schlimm. Ich biete die Romane in hervorragender Übersetzung an." Er legt seinen Koffer auf eine Felsenplatte, öffnet ihn, stellt die Bücher in einer Reihe auf. „Lese die Titel", fordert er Golo auf, „dann triffst du eine Wahl. Du kannst auch mehrere oder alle Bücher haben."

Golo sieht sich die Bücher an. „Ich bin zu Fuß unterwegs und schaue mir alles an. Doch ich möchte mich im Moment nichts mitnehmen."

Der Geschäftsmann packt die Bücher wieder ein. „Auf Wunsch schaue ich bei dir zu Hause vorbei. Dort kannst du sie in aller Ruhe noch einmal ansehen und auswählen."

- „Das ist überaus freundlich", sagt Golo und gibt ihm seine Adresse.

Am Ende der Allee steht ein Maler hinter seiner Staffelei. Er hat eine große Leinwand auf einen Keilrahmen gespannt. „Ich möchte gern ein Porträt malen. Und zwar soll es ein Porträt mit Birne werden."

Ohne weiter zu fragen, drückt er Golo eine Birne in die Hand und beginnt ihn zu skizzieren.

„Darf ich mich bewegen?" fragt Golo.

„Bleibe bitte einen kurzen Moment lang stehen", bittet ihn der Maler, „gleich bin ich mit dem Entwurf fertig."

Mit wenigen Strichen entwirft er das Porträt mit einem Stift. „Das Malen wird etwas länger dauern", erklärt er, „du darfst frei herumgehen. Du kannst die Birne auch essen oder nach Hause gehen. Wichtig ist nur, dass du wieder zurückkommst und dir das fertige Bild anschaust. Dann werde ich dir nämlich die Frage stellen, ob ich dich getroffen habe."

- „Ist gut", sagt Golo und legt die Birne sorgfältig neben seinen Farbenkoffer.

Der Maler packt Töpfe aus, füllt sie mit Farbe, tunkt den Pinsel ein.

Golo verlässt die Allee, findet einen Weg, der zum See hinunterführt. Er sieht ein Schild mit dem Aufdruck „Nacktbadestrand".

Mit ruhigem Gang kommt ihm eine Frau entgegen. „Wir sind hier alle nackt, nur du trägst Kleider. Willst du sie nicht ablegen?"

Golo zieht sich aus, läuft ins Wasser, macht einen Hechtsprung, schwimmt eine Runde, legt sich auf einen sonnenwarmen Felsen, genießt die Wärme.

Von der Liegewiese her rollt die Frau einen Ständer neben den Felsen, holt einen Sonnenschirm. „Soll ich ihn gleich aufspannen oder warten, bis du trocken bist?"

Golo schlüpft in die Kleider. „Ich bin bereits trocken."

- „Wohin gehst du? Willst du nicht den Tag bei uns verbringen?" fragt sie.

„Ich erkunde das Seeufer", antwortet er und macht sich auf den Weg. Um Felsen und kleine Steine spielen die Wellen. Nah beim Ufer ist ein Lottoautomat aufgestellt. Ein Mann erklärt Golo, wie er funktioniert. „Du kannst die Lottozahlen eingeben. Der Automat leitet sie direkt an die Zentrale und druckt dir einen Beleg aus."

- „Warum ist er so nah beim See aufgestellt?" erkundigt

sich Golo.

Der Mann deutet auf die neue Siedlung. „Die Häuser in der Nähe des Sees wecken Begehrlichkeiten. Mit etwas Glück gewinnst du genug Geld, um dir eines zu kaufen."

Golo blickt die Häuser genauer an. Sie sind sehr klein und eng nebeneinander gebaut. Das kleinste Haus ist knapp größer als ein Vogelhäuschen. In den Gärtchen hat gerade eine Fußmatte vor der Tür Platz. Er wandert um die Südseite des angrenzenden Dorfs herum, gelangt vor ein großes Bienenhaus. Der Imker kommt heraus, begrüßt ihn herzlich. „Ich weiß nicht, wie du es erlebst, aber für mich ist das Summen der Bienen wie Musik. Selbst wenn sie aufgeregt sind und etwas lauter summen, habe ich meine Freude daran."

- „Mir ergeht es genau gleich. Was wäre die Blumenwiese ohne das wunderbare Summen!" erwidert Golo.

Der Imker strahlt über das ganze Gesicht. „Du hast es erfasst."

Er drängt Golo: „Du müsstest Imker werden. Dann könntest du jahraus, jahrein für die Bienen schauen."

Golo gibt zu bedenken: „Ich bin etwas viel unterwegs, vielleicht gerade auch dann, wenn die Bienen mich brauchen."

- „Das ist alles eine Frage der guten Zeiteinteilung", wendet der Imker dagegen ein, „du kannst viel den Bienen lernen. Sie sind auch andauernd unterwegs, aber immer wieder im Anflug. Ich könnte dich in alle Arbeiten, die anfallen, einführen. Schon lange suche ich einen Partner, der von den Bienen begeistert ist."

Eine Biene landet auf Golos Hand.

„Sie hat dich gewählt", freut sich der Imker.

Golo betrachtet sie. „Es stimmt, ich kann mich für die Bienen begeistern. Aber im Moment möchte ich keine Verpflichtungen eingehen."

Noch gibt der Imker nicht auf. Er holt ein Glas und einen Löffel. „Willst du vom Honig probieren? Du wirst ihn sicher mögen."

Die Biene fliegt weg. Golo schaut ihr nach. Dann tunkt er den Löffel ins Glas, probiert den Honig. „Er schmeckt wunderbar."

- „Gerne schenke ich dir das Glas", sagt der Imker, schraubt den Deckel zu.

Golo dankt, steckt das Glas in die Seitentasche seiner Jacke, spaziert auf einem Wiesenpfad weiter. Malven, weißer und gelber Klee blühen.

Golo gelangt vor ein Zirkuszelt. Der Eingang steht offen. Er tritt ein. In der Manege steht der Zirkusdirektor. „Ich bereite die Begrüßung vor", erklärt er, „ich möchte, dass sich das Publikum vom ersten Moment an in meinem Zirkus wohlfühlt."

- „Dann solltest du zusehen, dass deine Begrüßung kurz ausfällt. Die Leute wollen ja in erster Linie deinen Zirkus und nicht dich sehen", sagt Golo.

Der Zirkusdirektor sieht ihn an. „Aber ich bin doch der Direktor", meint er, „ohne mich gäbe es den Zirkus gar nicht."

- „Versuche, entbehrlich zu sein", rät Golo, „auf diese Weise kommst du beim Publikum und bei den Artisten am besten an."

Der Direktor fragt: „Kannst du mir behilflich sein? Wollen

wir einmal die Hüte tauschen? Du trägst meinen Zylinder. Und ich trage deinen Hut."

- „Was hast du vor?" möchte Golo wissen.

„Du begrüßt das Publikum. Ich setze mich in die erste Reihe und höre dir zu. So lerne ich viel", meint er.

Eine Clownin kommt ins Zelt. Sie führt einen Schlauch. „Wer hilft mir, ihn abzuhaspeln?"

Der Direktor übernimmt ihn kurz entschlossen, zieht ihn zum kleinen Zeltausgang hinaus, haspelt ihn längs einer Landstraße ab. Der Schlauch nimmt kein Ende. Die Clownin spornt ihn an. „Nur nicht müde werden!"

Golo wundert sich über die Länge. „Das muss ja eine riesige Haspel sein", vermutet er.

Mitten auf der Landstraße steht eine Staffelei. Davor steht ein Maler, malt eine Biene, die auf einer Blüte landet.

Der Direktor hält inne. „Warum malst du mitten auf der Straße?" fragt er.

Der Maler berichtet: „Ich war mit der Staffelei unterwegs. Da sah ich die Biene auf der Flockenblume und sagte mir: Das ist das gesuchte Motiv." Er malt weiter.

Der Direktor lässt den Schlauch fallen, klaubt einen Notizblock aus der Tasche. „Der Zirkus könnte wie eine Biene sein. Aus der ganzen Welt trägt er Nummern zusammen."

Die Clownin fragt: „Ist das der Anfang deiner Begrüßung?"

- „Sie sollte ganz kurz werden", antwortet er, wirft einen Seitenblick auf Golo: „Wie du mir empfohlen hast. Ich werde also vors Publikum treten und unseren Zirkus mit der Biene vergleichen."

Der Maler meint: „Das ist ein anschaulicher Vergleich."

Golo setzt seinen Weg auf der Landstraße fort. Von einem

sanft abfallenden Hang, der eine weite Sicht gewährt, führt sie über eine Brücke an einer engen Schlucht vorbei. Ein Mann springt von Felsen zu Felsen. „Willst du es auch versuchen?"

Golo blickt zu ihm hinauf. „Von unten sieht das sehr waghalsig aus." Er steigt zu ihm in die Felsen hinauf, späht in die Tiefe, wo der Gießbach glitzert und schäumt.

„Wie siehst du es von oben?" fragt ihn der Mann, springt zu einem anderen Felsen hinüber.

„Das ist mir zu gefährlich", gesteht Golo, klettert sorgfältig zum Eingang der Schlucht hinunter. Von der Brücke ist es nicht weit zu einem Platz vor einer Halle, wo größere und kleinere Kinder spielen und plaudern. Eine Lehrerin erzählt Golo: „Ursprünglich ist gedacht gewesen, den Kindern 2 Plätze zur Verfügung zu stellen, ältere und jüngere zu trennen. Aber die Kinder halten sich am liebsten gemeinsam auf dem großen Platz auf, und es zeigt sich, dass alle sehr achtsam miteinander umgehen."

Eine Weile schaut Golo den Kindern zu, dann guckt er sich nach einem Weg um, der von der Landstraße ins Grasland abbiegt. Er ist leicht eingewachsen. Verloren im hohen Steppengras steht eine efeuumrankte Scheune. Ein Mann schiebt das Tor auf. „Möchtest du mein Lager sehen?"
Golo tritt näher. „Was lagerst du in der Scheune?"
- „Notizen", sagt der Mann.

Golo geht hinein. Vom Boden bis unter das Dach sind Papierbündel gestapelt. Um eine Leiter herum lagern weitere Bündel. Der Mann stellt sich neben ihn. „Über die Jahre häuft sich einiges an, wenn du alles aufschreibst, was du siehst, hörst, erfährst, was dir durch den Kopf geht."

Die gekritzelte Handschrift sticht Golo ins Auge. „Kannst du sie entziffern?"

- „Wenn ich einen Text entwerfe, greife ich auf meine Notizen zurück", erklärt der Mann, „ich kann sie zwar gut lesen, aber selten in der Rohform verwenden. Darum habe ich mir angewöhnt, die Notizen, die ich brauche, umzuschreiben, neu zu verfassen. Bei diesem Vorgehen entsteht ein Text, den möglicherweise auch andere Menschen lesen und verstehen können."

- „Wie findest du die Notiz, die du brauchst?" möchte Golo wissen.

Der Mann streckt seine Hand aus. „Ich habe eine sichere Hand. Intuitiv finde ich meistens die gesuchte Notiz."

- „Was machst du, wenn die gesuchte Notiz in einem Bündel ganz unten liegt?" fragt Golo weiter.

„Dann hilft nur eins", erklärt der Mann, „geduldiges Umschichten."

Die Lesung

Golo schlendert durch die schmalen Gassen der Altstadt. Eine Frau und ein Mann kommen ihm eng umschlungen entgegen. „Wir haben uns im Atelier des Schirmmachers einen Schirm anfertigen lassen, einen besonders großen, der uns beide vor dem Regen schützt."

Sie öffnen die Tür des Ateliers. Golo hält inne, schaut zu. Der Schirmmacher zeigt ihnen den Schirm. Aus azurblauem Stoff ist er gefertigt. Aufgespannt, beschirmt er das Paar.

Der Mann ist überaus beglückt. „Du hast genau den Schirm hergestellt, den wir uns wünschten."

Der Schirmmacher legt eine Hand auf die Brust. „Das ist mein Beruf."

Erfreut verlassen die beiden das Atelier, spannen eins ums andere Mal den Schirm auf und lachen.

Der Schirmmacher tritt unter die Tür, guckt ihnen nach, wendet sich an Golo: „Benötigst du auch einen Schirm?"

Golo sagt: „Im Moment genieße ich den Sonnenschein. Wenn es regnet, komme ich gern auf dein Angebot zurück."

- „Ich könnte dir auch einen Schirm reservieren", schlägt der Schirmmacher vor.

„Das ist sehr freundlich", sagt Golo, „doch du hast so viele Schirme. Da werde ich im Bedarfsfall sicher einen finden."

Er schreitet zum Stadtpark, wo eine Bretterbühne unter

alten Bäumen steht. Die Regisseurin steigt von der Rampe herab. „In meinem Stück kommen Menschen vor, die am Schwimmen sind. Ich frage mich, wie ich es darstellen lasse. Sollen die Schauspieler auf den Brettern liegen und Schwimmbewegungen ausführen? Oder sollen sie laufen und dabei mit den Armen schwimmen? Sollen sie an Seilen über dem Bühnenboden schweben? Diese Fragen beschäftigen mich. Ich habe Mühe, mich zu entscheiden."

- „Wie wäre es, wenn sie ganz vorn an der Rampe, dem Publikum zugewandt, Schwimmbewegungen ausführen würden?" schlägt Golo vor.

Die Regisseurin trippelt die Treppe hinauf. „Das ist ein Versuch wert." Sie ruft den Schauspielern: „Wir proben die Szene mit den Schwimmern, auf der Rampe liegend."

Eine Schauspielerin und ein Schauspieler kommen hinter dem Vorhang hervor, legen sich vorn auf die Rampe und führen Schwimmbewegungen aus.

„Das werden wir so proben", beschließt die Regisseurin.

Eine Schülerin läuft schräg durch den Park, fragt Golo: „Darf ich dir mein Heft zeigen?"

Golo setzt sich auf eine Bank. „Wenn du das möchtest. Es ist dein Heft."

Das Kind öffnet den Schulsack, klaubt es hervor. „Dieses hat Linien. Andere Hefte haben Häuschen. Aber in unserer Schule darf ich auch einfach kritzeln."

Golo lobt sie: „Du malst sehr lebendige Schriftzeichen."

Er hebt den Blick. Die Straße, die vom Schulhaus hinunterführt, läuft eine fröhliche Kinderschar hinunter. Sie holt einen Mann ein, der kurz innehält, sie vorbeiziehen lässt. Gemessenen Schrittes kommt er in den Park. „Ich finde diese Schule großartig. Die Kinder verlassen sie stets angeregt."

Golo steht auf. „Ich durfte in ein Heft schauen und gewann den Eindruck, dass sich die Kinder frei entfalten dürfen."

Er flaniert durch den Park, sieht eine Gruppe auf Bänken um einen Steintisch sitzen. Eine Frau winkt ihm. „Wir sind gerade daran, ein Mittagsteam zu gründen. Möchtest du auch Mitglied werden?"

- „Was macht ein Mittagsteam?" fragt Golo.

„Wir treffen uns im Park", berichtet ein Mann, „und essen gemeinsam. Alle bringen etwas mit. Das teilen wir miteinander."

- „Das stelle ich mir attraktiv vor", sagt Golo, „ich bin aber zu viel unterwegs, um ein Teammitglied zu werden. Ich wünsche euch gutes Gelingen."

Er verlässt den Park, spaziert eine Straße hinunter, die bunt gestrichene Altstadthäuser säumen, gerät vor ein Hotel mit steinweißer Fassade.

„Suchst du ein Zimmer?" fragt der Direktor, „wir sind bis unters Dach voll belegt. Ich kann dir leider keins anbieten."

- „Ich sehe mich nur um", erwidert Golo, „wenn ich jedoch eine Unterkunft suchen würde, wäre ich jetzt enttäuscht, denn dein Hotel sieht wirklich einladend aus." Er schlägt einen Weg zum Wald ein. Die Sonne durchleuchtet die Blätter. Auf einer farnüberwucherten Lichtung steht ein Steinway Konzertflügel. Golo setzt sich auf die Klavierbank, öffnet den Tastaturdeckel. Eine Melodie fällt ihm ein. Er spielt sie, erfindet eine Begleitstimme, einen Bass. Die Musik hallt im Wald, vermischt sich mit dem Rauschen des Windes und den Vogelstimmen. Laufend fallen Golo Variationen und neue Melodien ein. Er lässt die Finger auf den Tasten tanzen.

Aus der Tiefe des Waldes nähert sich eine Frau. „Spielst du auswendig?"

- „Ich improvisiere", entgegnet Golo.

Die Frau findet: „Es hört sich wie eine Komposition an. Du solltest die Musik aufschreiben, komponieren."

Er steht auf, klappt den Deckel zu. „Bei nächster Gelegenheit notiere ich die Noten."

Sie stellt sich vor: „Das braucht bestimmt einige Notenblätter." Dabei fällt ihr ein: „Bei mir zu Hause habe ich ein ganzes Paket. Wie viele Blätter brauchst du?"

- „20 dürften reichen", sagt Golo.

„Wohin soll ich sie bringen?" erkundigt sie sich.

„Ich komme mit dir, wenn es recht ist", antwortet er.

Sie spazieren durch den Wald. Am Rand, wo sich die Bäume zu lichten beginnen, steht ihr Haus. Sie gibt ihm die Blätter.

Er dankt ihr herzlich, betrachtet die Rückseite. „Sie ist leer. Darauf kann ich schreiben."

- „Was hast du vor?" fragt sie.

Er wendet sich zum Gehen. „Eine lange Bahnfahrt."

Von ihrem Haus biegt der Weg um eine Bergflanke, führt zur Bahnstation. Lange muss Golo nicht warten, bis ein Zug einfährt. Er schaut die Wagen an, wählt den vordersten, nimmt einen Fensterplatz ein. Während der Zug anfährt, beginnt Golo zu schreiben. Auf die Rückseite der Blätter notiert er die Geschichten seiner Spaziergänge. Als der Zug in der großen Stadt eintrifft, hat Golo die Blätter beschrieben. Er schreitet durch die Halle, verlässt den Bahnhof, schlendert den langgestreckten Platz hoch, wo das Kulturzentrum steht. Beim Eingang begrüßt ihn ein Mann. „Was wirst du lesen?"

Golo zeigt ihm die Blätter. „Es sind die Geschichten meiner Spaziergänge."

Der Mann begleitet ihn in einen Saal mit einer kleinen Bühne, worauf 2 Sessel und ein Lesepult stehen. Im Saal treffen zahlreiche Gäste ein, füllen die Stuhlreihen, unterhalten sich leise. Der Mann weist auf einen Sessel, bittet Golo: „Setz dich doch bitte!" Er nimmt auf dem anderen Sessel Platz, wartet, bis Ruhe im Saal einkehrt. Dann stellt er Golo vor: „Er ist Schriftsteller und liest die Geschichten seiner Spaziergänge." Die Gäste klatschen. Golo tritt hinter das Lesepult, trägt die Texte vor. Zwischendurch lässt er seinen Blick über die Gäste schweifen, freut sich über ihre aufmerksamen Gesichter. Nach der Lesung klatschen sie begeistert und langanhaltend. Golo dankt mit einer leichten Verbeugung und aufeinandergelegten Innenhänden, kehrt zum Sessel zurück. Der Mann führt ihn jedoch zur Rampe der kleinen Bühne, um den Applaus stehend entgegenzunehmen. Wiederum verneigt sich Golo, legt die Hände vertikal aufeinander. Dann aber setzt er sich in den Sessel. Beim Hinausgehen kommen einzelne Gäste an der kleinen Bühne vorbei, um sich persönlich zu bedanken oder eine Bemerkung anzubringen, was ihnen besonders gut gefallen hat. Der Mann lobt Golo: „Das war eine erfolgreiche Lesung. Du bist beim Publikum gut angekommen."

Golo erwidert: „Es ist immer viel Glück dabei."

- „Keine falsche Bescheidenheit", widersprach der Mann, „es hat auch mich glücklich gemacht, dir zuzuhören."

Er lädt Golo zum Essen ein. Golo sagt: „Zuerst brauche ich jetzt frische Luft, ich muss durchatmen." Er nimmt die Blätter vom Lesepult, verlässt das Kulturzentrum, wandert über den langgestreckten Platz. Zwillingsschwestern, die sich so ähnlichsehen, dass sie auf den ersten Blick kaum voneinander zu unterscheiden sind, kommen ihm entgegen. „Wir haben recht viel gemeinsam", erzählt die erste, „wir haben am gleichen Tag geheiratet."

Die zweite fährt sich über den Bauch. „Wir sind beide schwanger."

Golo gratuliert ihnen, wünscht alles Gute. „Das wäre ein besonderes Ereignis, wenn die Geburten am selben Tag erfolgen würden."

Auf der Rückfahrt im Zug notiert Golo die Komposition. Er erinnert sich an den Farn, den Klang im Wald. Das Rattern der Räder auf den Schienen fließt mit ein. Bei der Bahnstation steigt er aus, wandert zu der Frau und bringt ihr die Komposition. Sie hat eine hohe Leiter angestellt, die bis zum Dachgiebel reicht. „Wagst du bis zuoberst hinaufzusteigen?"

Er erklimmt die Leiter. Auf den oberen Sprossen wird ihm etwas mulmig zumute, er kehrt um, bevor er den Giebel erreicht hat, steigt vorsichtig hinunter. „Was die Komposition betrifft: Kannst du sie für mich aufbewahren?"

Die Frau legt die Blätter in einen Schrank. Er verabschiedet sich, findet einen Weg, der durch den Wiesenhang zu einem blauen Haus führt. Auf dem Gartentisch hat eine Frau Lottoscheine ausgelegt. Sie fragt Golo: „Möchtest du

einmal versuchen, möglichst viele Kombinationen anzu-
kreuzen? Fändest du eventuell sogar ein System heraus?"
Golo setzt sich auf einen Stuhl, kreuzt Zahlen in immer
neuen Kombinationen an. Allerdings entwickelt er kein
System. Er verlässt sich auf seine Intuition. Sie erlaubt ihm,
schnelle Zahlenfolgen zu markieren. Die Frau gibt ihm
das Einsatzgeld, zeigt ihm den Weg zu einem Kiosk, wo er
die Lottoscheine einreichen kann. Der Kiosk befindet sich
mitten im Grasland in einem runden Häuschen mit einem
Fliegenpilzdach.

„Willst du dein Glück versuchen?" fragt ihn die Verkäuferin.

„So etwas in der Art", erwidert Golo, übergibt ihr die
Scheine und bezahlt.

Der Weg geht den Hang entlang, bringt Golo zu einem
weißen Schulhaus. Auf dem Platz spielen 2 Mädchen Fangen. Sie sind Zwillingsschwestern und unterbrechen das
Spiel, als Golo am Pausenplatz vorübergeht. Die vordere
Schwester spricht Golo an: „Kannst du uns unterscheiden?"
- „Ihr tragt verschiedene Kleider", bemerkt Golo, „sonst
sehe ich auf die Schnelle keinen Unterschied."

- „Manchmal überkommt uns die Lust, die Kleider zu tauschen", sagt die hintere, „damit man uns verwechselt."

- „Wenn niemand wüsste, dass wir 2 sind", fährt die vordere fort, „könnte abwechslungsweise immer nur eine
zur Schule gehen und die andere zu Hause bleiben. Und
niemand würde es bemerken."

Golo meint: „Für eure Mutter seid ihr immer 2 unverwech-
selbare Kinder. Und die Schwester, die zu Hause bliebe,
würde sich vielleicht schon bald langweilen. Da ist es bes-

ser, wenn ihr 2, so wie ihr seid, zur Schule geht."

- „Das stimmt", gibt die hintere zu. Sie spielen weiter Fangen. Der Pausenplatz füllt sich mit anderen Kindern. Golo lenkt seine Schritte auf einen Weg, der in mehreren Serpentinen eine Höhe erklimmt, betrachtet die Waldberge ringsum.

Ein Mann steigt von der anderen Seite aus dem Tal herauf. „Möchtest du eine Karte?"

Golo wendet sich ihm zu. „Was für eine Karte?"

Der Mann packt eine Wanderkarte aus dem Rucksack. „Es sind alle Wege eingetragen. Du kannst wunderbare Fußwanderungen planen."

Er entfaltet sie, zeigt Golo den Punkt, wo sie sich gerade befinden. „Da stehen wir."

- „Weshalb möchtest du die Karte verschenken?" fragt Golo.

„Aus Versehen besitze ich sie doppelt. Deshalb frage ich die Leute an, die gern zu Fuß unterwegs sind", antwortet der Mann.

Blau Weiß Grün

Auf einer Anhöhe sitzt ein Kind auf einer Bank, spricht Golo an: „Ich mag nicht weitergehen."

Golo fragt: „Ruhst du dich aus, um dann den Rückweg anzutreten?"

- „Eben den Rückweg mag ich nicht mehr", verdeutlicht es. Er stemmt den Arm in die Hüfte. „Wo wohnst du?"

Das Mädchen steht auf, zeigt auf ein Haus am Rand des Dorfs. „Von da bin ich immer hinaufgegangen, immer weiter."

Er schlägt vor: „Ich könnte hinuntergehen und deiner Mutter sagen, wo sie dich findet. Sicher kommt sie zu dir hinauf und hat einen guten Tipp, wie du wieder gehen magst."

Das Mädchen lacht. „Sie muss doch nicht extra hochkommen. Es geht ja jetzt immer bergab. Das mag ich schon selber laufen."

Er schaut dem Mädchen nach, wie es den Weg ins Dorf hinunter schreitet, dann plötzlich hüpft.

Golo schiebt den Hut in den Nacken, folgt dem Weg, der dem Waldrand entlangführt. Im Gras liegt ein Mann. „Ich stelle mir vor, eine Mumie zu sein", sagt er, „da würde ich einfach so daliegen und Jahrtausende überdauern."

- „Und was machst du dann, wenn du die ganze Zeit immer gelegen bist?" erkundigt sich Golo.

Der Mann rappelt sich auf. „Dann lasse ich mich bewundern. Die Menschen würden sagen: Es grenzt an ein Wunder, wie gut sich die Mumie erhalten hat."

- „Und das würde dir ein gutes Gefühl geben?" möchte Golo wissen.

Der Mann richtet sich zu seiner vollen Größe auf. „Das will ich doch meinen." Er räkelt sich, reckt und streckt sich, wischt Ameisen vom Ärmel. „Du musst dich auch einmal ins Gras legen, dir vorstellen, eine Mumie zu sein."

Golo wendet sich zum Gehen. „Das könnte ich auch einmal versuchen. Allerdings müsste es mich verlocken, reglos zu sein. Und Jahrtausende sind ein Riesenbogen Zeit."

Der Mann steht von einem Fuß auf den andern. „Trotzdem solltest du es einmal versuchen."

Der Weg schlägt einen weiten Bogen, strebt einer Halle zu. Golo kommt zu vielen Menschen, die Schlange stehen. „Wir müssen ein bisschen anstehen", berichtet ihm eine Frau.

- „Was gibt es für einen Anlass?" möchte Golo wissen.

Sie sagt: „Wir wollen Basketball spielen. Die Halle ist neu eröffnet worden. Mit diesem Großandrang hat niemand gerechnet. Wenn du auch spielen möchtest, musst du rasch hinter mir einstehen. Zögere nicht! Die Schlange wächst schnell."

Er bedankt sich für den Rat und vergewissert sich: „Werden denn all die Menschen in der Halle Platz finden?"

- „Das denke ich schon", erwidert sie, „sie ist riesig, enthält mehrere Spielfelder.

Golo erklärt: „Ich möchte mich lieber frei bewegen." Er geht an der Schlange und der neuen Halle vorbei, gelangt vor eine Gartenwirtschaft. Die Stühle und Tische stehen unter urwüchsigen, hohen Bäumen. Golo setzt sich an einen Tisch, muss über sich selber lachen. Die Wirtin grüßt ihn belustigt, wedelt mit der Karte. „Du lachst so still in dich hinein. Hat das einen Grund?"

Er gesteht: „Ich bin einer Warteschlange ausgewichen, weil ich mich lieber frei bewege. Und jetzt bin ich selber am Warten."

- „Worauf wartest du?" fragt sie.

Golo lehnt zurück. „Aufs Essen."

- „Da musst du bei mir nicht lang warten", versichert sie, „du gibst die Bestellung auf und stracks wird es dir gebracht."

- „Es eilt nicht", entgegnet er.

Sie gibt ihm die Karte. „Was möchtest du trinken?"

Er bestellt Wasser.

Als sie es serviert, hat er auf der Karte Frischkäse gefunden. Nochmals betont er: „Ich habe es wirklich nicht eilig."

Sie verschwindet in der Küche und bringt im Handkehrum den Frischkäse mit Kräutern und Olivenöl. Scherzhaft gibt sie vor: „Ich habe meinen eigenen Rekord gebrochen."

Golo lässt sich Zeit beim Essen, genießt den Schattenraum unter den Bäumen. Als er aufbricht, schenkt ihm die Wirtin das Glas. „Nimm es mit! Im Wald gibt es eine Heilquelle. Da solltest unbedingt ein Glas voll kosten."

Golo lässt sich den Ort beschreiben, spaziert in den Wald hinein. Der schnelle Wechsel von Licht und Schatten überzieht seinen Körper. Die Quelle entspringt aus einem Felsen. Golo füllt das Glas, probiert das Wasser, lässt das Glas nochmals volllaufen, wandert zum Waldrand. Dort begegnet er einem Mann, der einen Servicewagen mit verschiedenen Getränken stößt und Golo verwundert anguckt. „Es ist doch nicht nötig, dass du Wasser trägst. Ich bringe dir alle Getränke."

- „Das ist sehr freundlich", erwidert Golo, „ich wollte eben das Wasser aus der Heilquelle probieren."

Der Mann zeigt ihm seine Flaschen. „Ich habe verschiedene Mineralwasser, die gesund sind, wäre froh, wenn ich dir etwas anbieten könnte."

Golo bedankt sich. „Frisch ab der Quelle schmeckt mir das Wasser am besten. Aber es gibt ja nicht überall eine Quelle. Und dann freut mich dein Angebot."

Golo geht weiter, gelangt vor ein großes, leerstehendes Haus. Daran sind Spruchbänder aufgehängt. „Zusammen geht es besser als allein."

Eine Frau fragt: „Darf ich dein Glas haben? Es gefällt mir."

Golo gibt ihr das Glas, erkundigt sich: „Was bedeuten die Spruchbänder?"

Sie versorgt das Glas in ihrer Tasche. „Gleich treffen sich hier viele Kinder und ihre Eltern. Gemeinsam unternehmen sie eine kleine Wanderung."

Kinder und ihre Eltern kommen zum Haus, besammeln sich für den Ausflug. Sie wandern gemeinsam den Bergweg hinauf, laden Golo ein: „Komm mit."

Die Kinder eilen lachend und rufend voraus. Die Eltern folgen, unterhalten sich angeregt. Oben auf der Höhe löst sich die Gesellschaft in kleine Gruppen auf. Golo zieht sich zurück, wandert zu einer Wiese, wo ein fliegender Elefant landet. Er knickt die Beine ein, kauert, guckt Golo auffordernd an. „Setz dich auf meinen Nacken."

Golo vergewissert sich: „Ist es kein Stress für dich, wenn ich auf dir reite?"

Der Elefant senkt den Kopf. „Ich lese nur Menschen aus, die mich nicht stressen."

Golo klettert auf seinen Nacken, nimmt Platz. Der Elefant richtet sich auf, schlägt die Flügel, läuft ein paar Schritte, hebt ab. Die Kinder, die ihn fliegen sehen, rennen über die Wiese, winken. Sie werden immer kleiner, während am Horizont die Berge auftauchen. Darüber spannt sich der weite, blaue Himmel aus.

„Wie sitze ich? Kannst du gut mit mir fliegen?" fragt Golo.

- „Du machst alles richtig", erwidert der Elefant, zieht eine Landeschleife um einen Berg, läuft beim Landen ein paar Schritte aus. Dann legt er die Flügel an, kauert nieder, dass Golo gut absteigen kann. Er sieht eine Höhle. Darin sitzt ein Mann an einem riesigen Schreibtisch, blickt auf: „Was soll ich über dich schreiben?"

- „Ich bin auf einem Elefanten geflogen", sagt Golo.

Der Mann schickt sich an, die Auskunft aufzuschreiben. „Das ist ungewöhnlich, aber bemerkenswert", sagt er und schmunzelt in sich hinein. Golo schaut sich um. Die Regale an den Felswänden sind bis unter die Decke mit Ordnern gefüllt. Er verlässt die Höhle. Der Elefant fliegt mit ihm zu einem Garten, in welchem eine Haustür im Rahmen steht. Ein Mann lehnt daran. „Ich kann mich einfach nicht entschließen, das Haus zu bauen", gesteht er, „wieder verkaufen mag ich das Grundstück auch nicht."

- „Vielleicht baust du das Haus für eine junge Familie, lässt sie einziehen. Dann können sie die schöne Lage genießen", schlägt Golo vor.

Der Mann wiegt den Kopf hin und her. „Daran habe ich noch gar nicht gedacht. Die Idee ist bestechend." Sein

171

Blick fällt auf den Elefanten. „Kannst du ihn mir ausleihen? Ich möchte zum Architekten fliegen."

- „Er gehört sich selber. Du musst ihn fragen", berichtigt Golo.

Der Elefant schlägt jedoch die Flügel, rennt ein paar Schritte, fliegt davon. Golo lenkt seine Schritte zur Landstraße, die in einen Wald führt. Durchs Blätterdach fallen Lichtfinger. Hinter einer Biegung kreuzt die Straße einen Wanderweg, und es hat mitten im Wald einen Fußgängerstreifen. Dort treiben 3 Kinder ein Spiel: Immer, wenn sich ein Auto nähert, überqueren die beiden Mädchen und ein Junge langsam in Einerkolonne die Straße, zwingen den Fahrer zum Anhalten. „Wir nennen unser Spiel Ausbremsen", erklärt ein Mädchen Golo.

„Treibt ihr es schon lange?" erkundigt sich Golo.

Der Junge hebt die Schultern. „Es geht."

Eine großer Holzschlepper kommt herangefahren. Sein Kran streift beinahe die Wipfel der Bäume, welche die Straße überdachen. Der Fahrer hält lächelnd an, als die Kinder ihren Gang über den Fußgängerstreifen antreten. Er winkt, bevor er weiterfährt.

Golo sieht ihnen eine Weile zu. Dann schlägt er den Wanderweg ein. In sattem Grün leuchtet der Wald. Ein Mann kommt Golo entgegen, sagt: „Dieser Weg ist für mich bedeutsam. Vor 8 Jahren traf ich hier meine Frau. Ich sah sie an. Sie schenkte mir einen Augenaufschlag. Ich sprach sie an, ging neben ihr her, erzählte Geschichten aus meinem Leben. Immer neue Erlebnisse und Ereignisse fielen mir ein. Sie hörte mir lächelnd zu. Dann begann sie zu erzählen, und ich hatte das Gefühl, als würde ich ihre Geschichten kennen, so vertraut kamen sie mir vor, obwohl wir uns nie zuvor begegnet waren. Ich begleitete sie nach Hause. Sie lud mich zum Essen ein. Und so begann ein neues Leben mit ihr zusammen."

Golo sagt: „Dann kann ich mir gut vorstellen, dass dieser Weg für dich eine große Bedeutung hat."

Der Mann geht mit glänzenden Augen weiter. Golo guckt ihm nach. Es sieht aus, als würde der Mann auf Wolken gehen. Sein Gang hat etwas Schwebendes. Golo setzt seinen Weg fort. Durch die Bäume glänzt ein See. Er tritt ans Ufer. Das Spiegelbild eines Wipfels löst sich in Wellenrillen auf. Eine Frau im blau, weiß und grün gestreiften Badekleid steigt aus dem Wasser, winkt ihm. „Du solltest Badehosen mit meinem Muster finden. Dann könnten wir zusammen schwimmen."

- „Das gleiche Muster", erwidert er, „das könnte eine umständliche Suche werden." Er wandert den Strand entlang. Der Wind treibt kleine Wellen über die Wasseroberfläche. Am Rand eines Dorfes steht ein Kleiderladen. In der Auslage vor dem Laden ist auch Bademode ausgestellt. Unter der Tür steht eine Frau, fragt Golo: „Suchst du etwas Bestimmtes?"

Er beschreibt ihr die blauen, weißen und grünen Streifen. „Ich suche Badehosen mit diesem Muster."

Sie verschwindet im Laden, streift durch die Gestelle, kramt in den Schubladen. „Ich kann dir Badehosen anbieten, die dir wunderbar stehen. Leider haben sie nicht dieses Muster." Sie legt sie vor ihm aus.

Golo bedauert: „Ich muss mich woanders umsehen. Danke vielmals für das ausführliche Zeigen!"

Er geht durchs Dorf. „So schnell gebe ich nicht auf", sagt er sich.

Am Ende liegt ein heller, geräumiger Dorfplatz mit einem kleinen Laden. Ein Mann ist daran, Körbe auf ein Gestell zu laden. In einem runden befinden sich Badehosen. Golo teilt ihm mit, welches Muster er sucht. Der Mann zieht aus dem Korb die gewünschte Badehose heraus. „Meinst du diese?" Sie hat genau die gleichen Streifen wie das Badekleid der Frau.

Golo nimmt sie, hält sie kurz vor seinen Bauch, überprüft die Größe. „Das ist ein Glücksfall. Das Muster und die Größe stimmen."

Er kehrt an den Strand zurück. Das Wasser funkelt in Ufernähe. Golo schlüpft aus den Kleidern, zieht die Badehose an. Dann geht er zu der Frau, die sich auf einer Felsenplatte sonnt. Sie steht geschwind auf. „Das hätte ich nie gedacht, dass du in so kurzer Zeit fündig wirst."

Mit Golo läuft sie in den See hinaus, macht einen Hechtsprung, schwimmt mit großen Zügen voraus. Er bewegt sich ruhig, gleitet durchs Wasser.

Der Vogelbrunnen

In der Stadt betrachtet Golo die Menschen, die Häuser und die Straßen. Ein Mann fragt ihn: „Möchtest du die Haare schneiden lassen?"

Golo hält inne. „Wie kommst du darauf?"

- „Ich würde sie dir gern schneiden", erklärt der Mann.

Golo sagt: „Im Moment gefällt mir die Länge. Wieso fragst du?"

Der Mann eilt weiter. „Ich frage viele Menschen. Das ist mein Beruf."

Eine Frau bietet Golo eine Wohnung an. „Du könntest in der Stadt sein und viel erleben."

- „Ich bin unterwegs", erwidert er, „da müsste ich schon längere Zeit in der Stadt bleiben wollen."

- „Du kannst es dir ja in aller Ruhe noch überlegen", meint sie und gibt ihm ein Visitenkärtchen.

„Hast du genug Kärtchen?" vergewissert er sich.

„Alle Taschen voll", sagt sie, „mach dir deswegen keine Gedanken. Wichtig ist, dass du jetzt ein Kärtchen hast. Es könnte ja jederzeit etwas daraus werden."

Golo schlägt den Weg in den Stadtpark ein. Auf einer Bank, umgeben von Bäumen und Gras, sitzt ein Mann, steht auf, als er Golo sieht und will wissen: „Hast du dich auch schon gefragt, was eigentlich passieren würde, wenn zwischen Augenbraue und Lid in der Augenhöhle Haare wachsen?

- „Auf den Gedanken bin ich noch nie gekommen", entgegnet Golo.

„Haare könnten ja auch unterhalb des Auges wachsen", führt der Mann weiter aus, „wärst du darauf vorbereitet?"

- „Überhaupt nicht", gesteht Golo.

„Das macht fast gar nichts", meint der Mann, „du kannst dich an der Forschung und Entwicklung eines neuartigen Rasierapparats beteiligen, der allen Anforderungen genügt."

Golo weicht einen Schritt zurück. „Weshalb sollte ich? Ich halte es für ziemlich unwahrscheinlich, dass ein Auge einwächst."

Der Mann setzt sich auf die Bank. „Denk darüber nach! Wenn du dich doch dazu entschließen kannst, weißt du, wo du mich findest. Ich bin gern im Park, denke mir neue Erfindungen aus, welche die Menschen retten."

Golo spaziert durch den Park zum Fluss hinunter. Licht fällt durch die Baumwipfel, zaubert blinkende Reflexe. Eine Frau geht auf Golo zu. „Es hat unter Wasser 5 Tore." Golo tritt ans Ufer, sieht auf dem Grund 5 weiße Bögen schimmern.

„Kannst du durch alle tauchen?" fragt sie und öffnet eine Umkleidekabine. Badehosen und ein Badetuch liegen bereit.

Golo geht in die Kabine, legt die Kleider ab und die Badehosen an. Er setzt sich ans Ufer, netzt sich an. Das Wasser ist angenehm frisch. Er holt tief Luft, taucht mit einem Kopfsprung ein, schwimmt unter den 5 Bögen durch, kehrt an die Oberfläche zurück.

Die Frau klatscht in die Hände. „Du hast es geschafft."

Golo lässt sich zu einem Felsen treiben, steigt aus dem Wasser. Sie reicht ihm das Badetuch. „Du bist auf Anhieb unter allen 5 Bögen durchgekommen."

Er trocknet sich ab. „Mit der Strömung geht es gut. Gegen die Strömung hätte ich Schwierigkeiten."

- „Denk nicht an die Schwierigkeiten", bittet sie ihn, „freue dich einfach, dass es dir gelungen ist." Sie schenkt ihm ein Stoffabzeichen. „Das kannst du zu Hause an deine Badehose nähen.

Er geht sich umziehen, steckt das Abzeichen in die Tasche. Dann gibt er ihr die Badehose und das Badetuch zurück. „Das war sehr freundlich, dass du sie mir zur Verfügung gestellt hast."

Er geht das Ufer entlang. Der Fluss wirft Lichtspiegelungen in die Bäume. Ein Mann kommt hinter einem Stamm hervor. „Darf ich dir meinen Dachraum zeigen? Ich habe ein großes Zimmer, möchte es unterteilen, weiß nicht, in welcher Richtung ich die Trennwand ziehen soll."

Golo folgt ihm in die Altstadt. Der Mann führt ihn durch das Labyrinth der Gassen zu einem turmartigen Haus mit vielen Treppen. „Das Putzen besorge ich selber. Doch wenn es um Bauliches geht, bin ich auf Rat angewiesen." Er öffnet die Tür, steigt voran die Treppen hoch. Sie gelangen ins Dachgeschoss. Mächtige Balken stützen das Dach. Golo blickt sich um. Gegen Süden sind viele Dachfenster angebracht, bringen helles Licht in den Raum. In der nördlichen Dachhälfte gibt es keine Fenster.

„Du könntest die Wand in der Mitte von Osten nach Westen einziehen. Dann entstehen 2 gleiche Zimmer, die beide Tageslicht haben."

Der Mann nickt. „Bei dieser Lösung braucht die Trennwand eine Tür. Aber das ist kein Problem."

Sie steigen die Treppen hinunter, kehren in die Gasse zurück. Der Mann bedankt sich.

Golo sagt: „Der Rat hat mir doch Spaß gemacht."

Er wandert aus der Stadt in ein karges Wiesenstück hinaus, wo eine riesige Frau im Ballettdress gymnastische Übungen macht. Sie streckt beide Arme hoch, beugt den Rücken, berührt den Boden mit den Fingerspitzen, dreht den Rumpf. Golo turnt die Übungen mit. „Es soll dir gutgehen", sagt die Frau, „du musst dich in Bewegung halten." Sie achtet genau auf Golos Haltung, gibt ihm Anweisungen: „Dehne das linke Bein. Winkle es an." Sie joggt einmal um Golo herum, rennt aus dem Wiesenstück hinaus in den Wald.

Ein Mann geht mit einem Hund auf dem Feldweg, der das Wiesenstück quert, erklärt: „Asphaltstraßen sind nicht gut für die Hundepfoten. Ich weiche, wenn es irgendwie geht, auf Mergelwege und Waldpfade aus." Der Hund setzt sich, leckt die Hinterpfote. Der Mann schaut ihm zu, blickt Golo an. „Er versteht alles, was ich sage."

- „Ihr seid beide sehr achtsam", anerkennt Golo.

Ruhig lenkt der Mann seine Schritte zum Wald. Der Hund läuft voraus.

Golo sieht sich um. Bei einem Einfamilienhaus am Stadtrand steht die Glastür weit offen. Auf dem Teppich im großen Wohnraum macht eine Frau gymnastische Übungen. 2 Kinder turnen mit, sind mit Begeisterung dabei. Dazwischen knabbern sie Baumnusskerne, die ihnen die Mutter zur Belohnung reicht. Sie legt sich auf den Rücken, hebt das Becken und das rechte Bein, dann das linke. Nach mehreren Wiederholungen steht sie auf, beugt sich, wechselt vom Rundrücken zum Hohlrücken. „Soll der Zuschauer auch Nüsse bekommen?" fragt sie die Kinder, nachdem sie Golo gesehen hat.

Das Mädchen antwortet: „Nur, wenn er mitturnt."

Die Frau läuft die Gartentreppe hinunter und wieder hinauf. Die Kinder folgen ihr. Golo berichtet: „Ich komme soeben vom Turnen. Ich sah eine riesige Frau. Sie zeigte mir gymnastische Übungen."

- „Man kann sich nie genug bewegen", sagt die Frau, „wenn du Lust hast, darfst du auch bei uns dabei sein." Sie dreht den Oberkörper mit ausgestreckten Armen nach beiden Seiten. Golo übernimmt ihre Bewegungen. Dann wechselt sie von der Kauerstellung in den Zehenstand, schwingt die Arme in großen Achterschlaufen. Lächelnd bietet sie ihm die Schale an. Er nimmt einen Baumnusskern, kaut und genießt ihn.

Mit neuem gymnastischem Schwung setzt er den Spaziergang fort, gelangt über einen Weg, der die karge Wiese durchmisst, vor ein Filmstudio. Es ist in einem alten Fabrikgelände untergebracht. Eine Regisseurin fragt: „Darf ich dir mein Team vorstellen?" Sie führt Golo zu einem runden Gebäude, klopft an. Ein Mann öffnet die Tür. „Kommt nur herein."

Sie sagt: „Das ist unser Drehbuchautor."

Der Raum enthält neben dem Schreibtisch und Stuhl eine bequeme Sitzgruppe mit Sesseln. Sie ist um einen kleinen runden Tisch angeordnet. „Ich gönne mir viel Zeit, um mit den Gästen, die mich besuchen, zu plaudern. Nehmt doch

Platz!" Die Regisseurin und Golo setzen sich in die Sessel. Der Drehbuchautor lässt sich zuletzt nieder, springt gleich wieder auf. „Wollt ihr einen Tee?" Bevor sie antworten können, hat er ihnen schon Gläser hingestellt, schenkt aus einem Krug Tee ein. Er wendet sich an Golo. „Mit dir würde ich gern ein Projekt machen. Ich könnte dir eine Rolle auf den Leib schreiben. Was machst du am liebsten?"

- „Spazieren", antwortet Golo.

Der Drehbuchautor holt den Schreibblock. „In der ersten Szene verlässt du dein Haus. Du führst einen inneren Monolog: Bei dem Wetter hält mich nichts mehr. Ich möchte sehen, wie es den Blumen und Schmetterlingen geht. Hinaus mit mir! Ab ins Freie! Ich genieße den Tag, das Licht in den Bäumen."

Er guckt Golo an. „Was sagst du? Wäre das ein vielversprechender Anfang?"

- „Das tönt gut", bestätigt Golo, „so könnte der Film beginnen."

- „Dann fährt die Kamera in die Totale und zeigt dich mitten in der Landschaft", fährt der Drehbuchautor fort.

Die Regisseurin lächelt und steht auf. „Wir fahren jetzt auch in die Totale. Ich möchte unserem Gast auch noch das Kamerateam vorstellen."

- „Ist gut", meint der Autor, „in der Zwischenzeit schreibe ich den Anfang fertig."

Im angrenzenden Gebäude lernt Golo die Kamerafrau und den Beleuchter kennen. Sie richtet die Kamera auf ihn. „Wir machen gleich eine Probeaufnahme."

Der Beleuchter stellt den Scheinwerfer ein. „Du bist bei uns im besten Licht."

Golo blinzelt geblendet. „Es ist fast ein bisschen zu hell für mich."

Die Regisseurin rät: „Es gibt einen einfachen Trick. Schau einfach nie in den Scheinwerfer."

Golo blickt in die Kamera. „Das hilft."

Im dritten Gebäude sitzt die Cutterin am Schneidetisch. „Ich bringe die Sequenzen in der richtigen Länge an den passenden Ort." Sie schneidet gerade einen Film. „Er handelt", wie sie erzählt, „von einer Frau und einem Mann, die auf einem Hügel über der Stadt leben. Du solltest sie besuchen und dir selbst ein Bild von ihnen machen."

Golo bedankt sich für den Tipp. Er geht ins Freie. Vom Filmstudio schlängelt sich der Weg in Serpentinen auf den Hügel. Eine hermelinweiße Katze schneidet vor ihm die Kehren ab, huscht durchs hohe Gras, wartet stets auf ihn, bis er die Kurve durchlaufen hat. So gelangt er leicht auf den Berg, ohne die Anstrengung zu spüren. Vor einem Haus mit einem Panoramafenster steht eine Frau, empfängt ihn mit einem Lächeln. „Hat dich die Katze hinaufgeführt?"

- „Ich war im Filmstudio", berichtet Golo, „die Cutterin empfahl mir, euch zu besuchen. Mit der Katze bin ich gut vorangekommen. Sie hat mich nach jeder Kehre erwartet."

Ein Mann tritt aus dem Haus. „Das Filmteam arbeitet an einem Dokumentarfilm über uns", berichtet er, „wir führen ein einfaches Leben mit Blumen und Schmetterlingen. Das wollen sie dokumentieren."

- „Wir haben unseren Garten als Bienen- und Schmetterlingsweide angelegt", fügt sie bei, „deshalb lassen wir möglichst viele Blumen wachsen, machen nur einmal im

Jahr einen Schnitt."

Ein Pfauenauge landet auf einer Flockenblume.

Der Mann zeigt Golo einen flachen Vogelbrunnen. „Er dient den Vögeln als Bad. Ich fülle ihn jeden Tag mit frischem Wasser."

In sicherem Abstand von der Katze landet eine Amsel auf dem Brunnenrand. Zuerst taucht sie nur den Schnabel ins Wasser. Dann hüpft sie ins Wasser, schlägt die Flügel, plustert das Federkleid auf. Nach dem Bad schwirrt sie davon.

Der besondere Apfel

Zwischen efeubewachsenen Stämmen, vorbei an Eichen-
bäumen schlängelt sich der Weg durch den Wald. Golo
hört Schritte und Atem. Er macht einer Läuferin Platz. Sie
hält inne, unterbricht das Training. „Ich bin Langstreckenläuferin. Manchmal trainiere ich auf derselben Strecke,
versuche, sie in immer gleicher Zeit zurückzulegen. Dann
mache ich mir ein Spiel daraus, die Zeit zu unterbieten."
- „Lass dich nicht aufhalten", sagt Golo.
Sie lacht. „Ich trainiere immer ein bisschen anders. Heute
ist die Uhr nicht so wichtig. Ich achte auf das weiche Ab-
rollen der Füße. Das ist vor allem im Wettkampf wichtig, wenn ich mich von einer anderen Läuferin verfolgt
fühle. Ich mag es, vom Start weg in Führungsposition zu
laufen. Meistens gelingt das sehr gut, weil die meisten
Läuferinnen die Kraft anders einteilen, sich kurz nach dem
Start nicht verausgaben wollen."
- „Wie startest du?" fragt Golo.
Sie zeigt es ihm vor, spurtet davon, wartet dann auf ihn.
„Ich versuche vom Start weg in die Spitzenposition zu
gelangen. Das macht mir Freude und steigert die Motiva-
tion."
- „Dann", vermutet Golo, „musst du sicher die Kraft gut ein-
teilen, um eine lange Strecke durchzuhalten."
Sie stellt sich auf ein Bein, schlenkert das Knie des an-
dern. „Das ist wie in einem Spiel. Ich finde immer eine

Kraftreserve, die unverbraucht ist, und die ich abrufen kann. Darum trainiere ich auch jeden Tag."

Sie lockert das andere Bein. „Kurz vor dem Ziel kann sich alles ändern. Alle Läuferinnen holen das Letzte aus sich heraus. Da zeigt es sich, wer noch Reserven hat."

Durch die Wipfel fällt grüner Schimmer auf ihr Haar. „Es gab eine Zeit, wo ich stets die Zweite war, weil mich im letzten Moment eine andere Läuferin überholte. Jetzt hüte ich meine Reserven wie einen kostbaren Schatz. Es muss immer noch für die letzten Schritte vor dem Ziel eine Reserve geben, die Höchstleistungen ermöglicht."

Die Langstreckenläuferin wirft ihm einen aufmunternden Blick zu, bevor sie das Training fortsetzt und losläuft.

Golo geht mit seinem ruhigen Wanderschritt weiter. So dicht ist das Blätterdach, dass nur wenig Licht auf den Boden fällt. Helle Stimmen hallen durch den Wald. Zwillinge holen Golo ein, grüßen ihn fröhlich. Sie gehen mit ihm. „Möchtest du einmal unsichtbar sein?" fragt der erste. Der zweite fügt bei: „Es ist ganz einfach. Du drehst dich um die eigene Achse und sagst: Unsichtbar."

Golo probiert es gleich aus, dreht sich, sagt: „Unsichtbar." Er sieht nichts mehr von sich, keine Arme, keine Beine, nichts vom Körper. „Es stimmt tatsächlich. Ich bin unsichtbar." Er geht ein paar Schritte. „Jetzt würde ich gern wieder sichtbar sein. Was muss ich unternehmen?"

Die Zwillinge heben die Schultern. „Das wissen wir leider nicht", bedauert der erste. „Du findest es bestimmt heraus", vermutet der zweite. Dann rennen die Zwillinge los.

Golo bleibt allein und unsichtbar im Wald zurück. Er dreht und wendet sich eins ums andere Mal in der umgekehrten

Richtung, ruft: „Sichtbar", aber er bleibt unsichtbar. Er geht weiter. Dann kommt er auf den Gedanken, eine Sinuskurve zu gehen. Sofort wird er wieder sichtbar. Es macht ihm Spaß, abwechslungsweise sichtbar und wieder unsichtbar zu werden. Unversehens gelangt er vor eine Höhle im Wald, wo eine Frau eine Inschrift mit rätselhaften Zeichen entdeckt hat. Sie meint: „Mit einem Lesegerät könnte ich möglicherweise die Schrift entziffern. Hilfst du mir, das Gerät zu finden?"

Sie verlassen den Wald, folgen einem Wiesenpfad zu einem Haus, das allein im Hang steht. Golo klopft an die Tür. Ein Mann öffnet. „Was wünscht ihr?"

- „Wir suchen ein Lesegerät für eine Inschrift", antwortet die Frau.

Der Mann bittet sie herein. „Ich habe verschiedene Lese-geräte für bekannte und unbekannte Schriften. Sie lesen die Texte und übersetzen sie in die gewünschte Sprache." Er schaltet ein Gerät ein, fährt über die Zeitung. Es liest den Artikel laut vor. „Nun braucht ihr jedoch ein Gerät, das mehr kann als nur die Zeitung lesen", nimmt er an. Er geht zu einem Regal, liest ein Gerät aus, reicht es ihr. „Versucht es einmal damit. Sollte es nicht gehen, suche ich ein anderes."

Die Frau und Golo kehren in den Wald zurück. In der Höh-le fährt die Frau mit dem Lesegerät über die Inschrift. Ein Lämpchen flammt auf. Das Gerät beginnt laut zu lesen: „Hört nie auf, neugierig zu sein."

- „Es ist also eine Art Rat", schließt die Frau, „ich dachte es mir gleich, als ich die Inschrift sah. Jetzt kommt es nur darauf an, diesen Rat zu befolgen." Sie geht mit Golo zum

185

Haus im Hang, bringt das Gerät zurück. „Es hat die Inschrift lesen können."

Der Mann strahlt, nimmt es wie einen kostbaren Schatz in beide Hände. „Ich dachte es mir. Es ist spezialisiert auf unbekannte Schriften."

Golo wandert weiter, gelangt in eine Stadt, wo alle Menschen Hüte, Mützen, Kapuzen und Kopftücher tragen. Barhäuptig scheint sich niemand auf die Straße zu wagen. Er fragt eine Passantin: „Warum tragt ihr alle eine Kopfbedeckung?"

Sie sagt: „Wir wissen nicht, was los ist. Uns stehen die Haare zu Berge. Und auch wer sie abrasiert, spürt ein merkwürdiges Ziehen an der Kopfhaut, das erst nachlässt, wenn er den Kopf bedeckt. Schlafen können wir nur mit einer Nachtmütze."

Golo zieht den Hut ab, wundert sich, dass seine Haare nicht zu Berg stehen. „Was könnte es wohl sein? Was wirkt sich so stark aus?" Er setzt den Hut wieder auf, geht durch die Straßen, sieht sich um. Bei einer Wand hört er ein leises Zischeln. Aus einer Leitung dringt Luft. Er dreht den Hahn ganz zu. Ein Raunen geht durch die Stadt. Die Menschen werfen ihre Hüte und Mützen in die Luft. Ihre Haare liegen wieder an. Überall langen sie sich an den Kopf, fahren sich durch die Haare.

Ein Mann spricht Golo an: „Du kannst den Hut ablegen. Das merkwürdige Ziehen hat aufgehört."

Golo sagt: „Ich bin gerade eben in die Stadt gekommen. Meine Haare sind nie zu Berg gestanden."

- „Es grenzt an ein Wunder", ruft der Mann, „ich muss keine Mütze mehr tragen!"

Auf seinem Weg durch die Stadt gelangt Golo vor ein großes Haus. „Da sind die Teppichweber an der Arbeit. Du darfst hineingehen und schauen, wie sie laufend die jüngste Stadtgeschichte in Teppiche weben", sagt eine Frau.

Er tritt ein. Der Eingangsraum führt in eine Halle mit zahllosen Webstühlen. Auf den vordersten sind die Teppichweber daran, Bilder von Menschen zu weben, die ihre Mützen und Hüte in die Luft werfen. In den hinteren Reihen weben sie Bilder zu Ende, die Menschen mit allerlei Kopfbedeckungen zeigen. Golo verlässt die Halle. Auf der Straße spricht ihn ein Mann an: „Möchtest du eine Skulptur von dir in den Stein meißeln?"

Golo legt die Hände an die Oberschenkel. „Das stelle ich mir zu anstrengend vor", gesteht er.

Der Mann lässt nicht locker. „Hänge nicht irgendwelchen Vorstellungen nach. Beginne gleich jetzt und entscheide dann, ob du daran bleiben oder aufgeben möchtest."

Er führt Golo zu einem riesigen Atelier, wo viele Menschen daran sind, lebensgroße Skulpturen zu meißeln. Hammerschläge klingen auf die Meißel.

„Da wäre ich gar nicht allein", stellt Golo mit Verwunderung fest.

Der Mann führt ihn vor einen übermannsgroßen Sandsteinkubus, drückt ihm Hammer und Meißel in die Hand. „Fang irgendwo an. Du wirst sehen, der Stein lässt sich leicht bearbeiten."

Golo beginnt zu meißeln, staunt, dass der Meißel scheinbar mühelos in den Stein eindringt. Ohne großen Kraftaufwand lassen sich Teile herausschlagen. Golo kommt überraschend schnell voran. Schon ragt der Kopf mit seinem Gesicht aus dem Stein. Es ist, als könnte er mit dem Meißel zeichnen.

Der Mann lobt: „Das hast du gut gemacht."

Golo arbeitet weiter am Hals, an den Schultern. Sorgfältig arbeitet er den linken Oberarm heraus, den Ellbogen, den Unterarm und die Hand. Etwas ausgestellt bildet er den rechten Arm aus. Weiter schlägt er den Oberkörper aus dem Stein, den Rücken, die Brust, den Bauch, die Taille, die Hüfte, das Gesäß und das Glied. Das linke Bein gestaltet er leicht vorgestellt, das rechte auf dem ganzen Fuß ruhend. Er legt den Hammer und Meißel aus der Hand, geht mehrmals um die Skulptur herum. „Das hätte ich nie für möglich gehalten, dass ich es in einem Anlauf schaffe." Er verlässt das Atelier und begibt sich ins Freie, wo er sich reckt und streckt, lenkt seine Schritte auf eine kleine Straße, die ihn aus der Stadt führt. Die Straße mündet in einen Waldweg. Als er diesem folgt, gerät er in eine weglose Wildnis. Dichtes Gestrüpp bildet eine undurchdringliche Wand. Brombeeren wuchern. Er kehrt um, findet einen Weg, der in einen lichten Wald abbiegt und ihn durchquert. Am Waldrand bauen eine Frau und ein Mann ein Karussell auf, hängen Marienkäfergondeln in ein Gestell. „Es wird bald ein Kinderfest geben", sagt die Frau. Der Mann ist zuversichtlich. „Bis dann werden wir fertig sein. Es ist nur ein kleines Karussell. Doch den Kindern macht es großen Spaß. Manchmal können sie es kaum erwarten, bis sie an der Reihe sind, aber ein Gerangel gibt es nie."

Golo folgt dem Waldrand. Unter einer mächtigen Eiche

fragt ihn ein Mann: „Wo und wie tankst du Energie?"

- „Beim Spazieren", antwortet Golo, „ich bin gern unterwegs."

- „Spazieren allein genügt nicht", bemerkt der Mann, „du musst dich bei den Bäumen aufrichten."

- „Wie geht das?" erkundigt sich Golo.

Der Mann zeigt es ihm vor. Er stellt sich auf die Wurzel der Eiche, streckt sich ganz aus, als wollte er einen der riesigen Äste in der Höhe über seinem Kopf berühren. „So spürst du die Kraft des Baumes und kannst sie in dir aufnehmen." Langsam beschreibt er mit den gestreckten Armen einen Bogen. „Dann dringt die Energie in dich ein."

Golo begibt sich neben ihn auf die Wurzel, hebt die Arme über den Kopf, streckt die Hände bis in die Fingerspitzen durch. „Meinst du so?"

Der Mann betrachtet ihn mit prüfendem Blick. „Spürst du die Energie?"

Golo atmet tief. „Ein leichtes Kribbeln spüre ich schon."

Der Mann senkt die Arme. „Und nun nimmst du sie auf."

Golo ahmt die Bewegung nach. „So komme ich zur Energie?"

- „Du darfst nur nicht hasten wollen", mahnt der Mann, „du gehst von Baum zu Baum und tankst Energie."

Golo neigt den Kopf. „Danke für die Anleitung! Nun kann ich mich beliebig oft mit Energie versorgen."

Von der Eiche zweigt ein Wiesenweg ab. Mit beschwingten Schritten gelangt Golo vor einen Bauernhof. Eine Frau sortiert Äpfel. „In einem Harass", sagt sie zu Golo, „befindet sich ein ganz spezieller Apfel. Mich nimmt wunder, ob du ihn findest." Golo schreitet die Reihe der Tische ab, schaut die Äpfel genau an. Plötzlich sticht ihm ein Apfel ins Auge, der rote Wangen hat. Er nimmt ihn sorgfältig aus dem Harass. „Meinst du den da?"

Sie hebt den Kopf. „Du hast ihn gefunden und darfst ihn behalten."

Himbeertörtchen

Durch den Wald wandert Golo, bis er an einen Bach mit einem kleinen Wasserfall kommt. Beim Felsen begegnet er einer Frau, die ihm ein Buch zeigt. „Die Seiten sind aus festem Papier, eignen sich gut zum Zeichnen und Malen." Golo nimmt das Buch in die Hand, streift mit dem Finger über das Papier. „Ich würde am liebsten gleich beginnen, wenn ich es in der Hand halte."

- „Ich schenke es dir", sagt sie, und ist, bevor Golo sich richtig bedanken kann, schon zwischen den Felsen verschwunden.

In Gedanken blättert Golo, stellt sich vor, was er zeichnen könnte. Da springt ein Mann über den Bach. Er trägt einen Zeichenstift in der Hand. „Was für ein Buch hast du?"

Golo reicht es ihm. „Gerade eben habe ich es geschenkt bekommen. Mir gefällt das Papier."

Der Mann nimmt eine Seite zwischen Daumen und Zeigefinger. „Ich zeichne dir etwas hinein, wenn es dir recht ist."

Golo breitet die Hände aus. „Das würde mich freuen."

Der Mann setzt sich auf einen Felsen. „Ich werde das bewegte Wasser zeichnen, und zwar so lebendig, dass du es rauschen und plätschern hörst."

- „Hier im Wald, im Echoraum der Felsen ist das Rauschen allgegenwärtig. Du meinst, wenn ich das Buch woanders wieder aufschlage und die Zeichnung anschaue, würde es wieder erklingen?" vergewissert sich Golo.

Der Mann legt das Buch auf die Knie, beginnt zu zeichnen. Locker führt er den Stift über das Papier, blickt immer wieder auf den rauschenden Strahl. „Jeder Wasserfall hat seine eigene Musik." Er vertieft sich in die Linien, die aus dem Stift zu fließen scheinen, während seine Hand tanzt. Lächelnd gibt er das Buch zurück.

Golo betrachtet die Zeichnung, dankt. Der Zeichner steht auf. „Es war mir ein Vergnügen." Mit raschen Schritten entfernt er sich.

Golo folgt dem Gießbach, tritt aus dem Wald heraus. Vor ihm öffnet sich eine Blumenwiese. Darüber gaukelt ein großer Schmetterling. Golo möchte ihn aus der Nähe anschauen, eilt hinterher. Im hellen Licht schimmern die Flügel in allen Farben. Er kommt vor ein Haus. Eine Frau schaut zum Fenster hinaus. „Was für ein Buch hast du?"

Er zeigt es ihr. „Es ist ein Zeichenbuch. Die erste Seite musst du dir aus der Nähe ansehen."

Sie verlässt das Haus, nimmt das Buch in die Hand, schlägt es auf. Die Zeichnung fasziniert sie. „Es ist, als würde ich den Wasserfall rauschen hören."

Golo fragt: „Möchtest du das Buch behalten? Ich schenke es dir."

Die Frau ist hocherfreut. „Das ist ein wunderbares Geschenk. Da kann ich selber hineinzeichnen, immer angeregt von der ersten Seite."

Golo wünscht ihr viel Freude und sieht sich nach dem Schmetterling um. Zwar flattern viele Schmetterlinge über die Wiese, doch der große ist nicht dabei. Ein Mann schreitet ruhig den Wiesenweg hinauf, trägt ein Gestell und einen Rucksack, fragt Golo: „Möchtest du ein Glas

Milch?"

Das Gestell auf seinem Rücken erweist sich als Klapptisch. Er stellt ihn auf, nimmt eine Flasche Ziegenmilch und ein Glas aus dem Rucksack, schenkt ein. „Sie wird dich erfrischen."

Golo dankt, trinkt in kleinen Zügen das Glas aus. „Sie schmeckt mir."

- „Darf ich dir noch ein Glas füllen?" erkundigt sich der Mann.

„Mehr mag ich nicht für den Moment", sagt Golo, „sie war sehr fein."

Der Mann reinigt das Glas mit einem Lappen, schraubt die Flasche zu, räumt sie in den Rucksack. Er klappt den Tisch zusammen, schultert das Gestell und den Rucksack. Dann geht er weiter den Wiesenweg hinauf.

Auf der Suche nach dem großen Schmetterling steigt Golo ins Tal hinunter. Eine Frau kommt ihm entgegen. „Dein Haar sieht etwas verwuschelt aus. Soll ich es kämmen?"

Golo langt sich an den Kopf. „Sieht es so schlimm aus?"

- „Im Gegenteil", erwidert die Frau, „ich würde dich einfach gerne kämmen."

Er setzt sich auf eine Bank am Wegesrand. Sie zieht einen goldenen Kamm aus der Tasche, durchstreift sein Haar. „Geht es?"

Golo schließt die Augen. „Es geht gut. Du kämmst sehr behutsam."

Sie fährt fort. „Ich habe Erfahrung mit verwuschelten Haaren. Da darf ich nur langsam vorgehen."

Achtsam kämmt sie Strähne um Strähne, lässt ihn in einen Taschenspiegel blicken. „Was sagst du?"

Er betrachtet die Frisur. „Das hast du sorgfältig gemacht."

Sie versorgt den Kamm und den Spiegel in ihrer Tasche und wendet sich zum Gehen. „Es war mir ein Vergnügen."

Der Weg führt zu einer Baumgruppe in einem verwilderten Grashang am Rand eines Dorfs. In die Krone einer dickstämmigen Eiche ist ein Baumhaus gebaut. Ein Mann lässt die Strickleiter hinunter. „Komm zu mir! Ich zeige dir mein Haus."

Golo klettert die Leiter hinauf. Das Haus ruht auf den Hauptästen der riesigen Baumkrone. Im Wohnraum befinden sich hohe Bücherregale und eine Kochnische. „Ich lebe schon seit vielen Jahren auf dem Baum", berichtet der Mann, „da haben sich Bücher angehäuft."

Golo sieht sich die Reihen an. „Danke, dass ich hereinschauen darf."

Eine Frau ruft von unten.

Der Mann steigt die Strickleiter hinunter. „Ich bin zum Essen eingeladen", sagt er zu Golo, „das hätte ich fast vergessen."

Golo folgt ihm. „Das kann passieren."

Die Frau fragt: „Hast du Besuch?"

Der Mann erwidert: „Ich wollte ihm mein Baumhaus zeigen."

Golo erreicht den Boden. „Lasst euch nicht aufhalten. Ich habe schon einen Eindruck gewonnen."

Sie meint: „So sehr eilt es doch nicht mit dem Essen. Ich wollte mich nur vergewissern, dass er kommt."

Der Mann entschuldigt sich: „Manchmal bin ich etwas vergesslich."

- „Du bist selbstverständlich auch mein Gast", wendet sie

sich an Golo, „wir könnten zuerst etwas essen, und dann in aller Ruhe das Baumhaus ansehen."

Er sagt: „Ich sehe mir zunächst die Umgebung an."

- „Wie du wünschst", entgegnet die Frau und geht mit dem Mann zu einem Haus am Dorfrand.

Golo schlägt einen Weg ein, der zu einem Aussichtspunkt über dem Dorf führt. Er schaut sich die Waldberge ringsum an. Ein Mann erreicht die Höhe. Er trägt ein Tennisshirt, Tennishosen und -schuhe. „Gefällt dir die Aussicht?"

Golo antwortet: „Bis zum Horizont reihen sich Waldberge. Das ist eindrücklich."

Der Mann sagt: „Ich habe eine Idee, was du spielen könntest. Ganz in der Nähe hat es einen Tennisplatz."

Golo geht mit dem Mann. „Ich bin nicht geübt, bin erst einmal auf einem Tennisplatz gestanden."

- „Die Übung kommt mit dem Spiel", verspricht der Mann, „schon bald bist du sehr gewieft. Am Anfang kommt es einfach darauf an, den Ball übers Netz zu schlagen. Der Rest ergibt sich fast von allein."

Er zeigt Golo den Tennisplatz am Rand des Brachlandes. Auf dem Tisch des Sitzplatzes liegen 2 Schläger und ein Ball. Der Mann reicht Golo einen Schläger, schreitet auf den Platz. In der gegenüberliegenden Hälfte stellt sich Golo auf. Der Mann spielt den Ball über das Netz. Golo rennt, schlägt ihn zurück.

„Du spielst gut", lobt der Mann.

In der Folge gelingt es Golo, den Ball immer zu treffen und über das Netz zu spielen.

Eine Frau erscheint am Rand des Platzes. „Wen darf ich ablösen?"

Golo schlägt den Ball. „Mich." Er gibt ihr den Schläger.

„Spielen wir doch zu dritt", empfiehlt der Mann, „ihr 2 gegen mich. Das wird uns gewiss Spaß machen."

Golo geht vom Platz. „Ich schaue euch gerne zu."

Die Frau spielt sehr gekonnt. Eine Weile dreht Golo den Kopf nach links, nach rechts. Sein Blick folgt dem Ball. Dann wendet er sich dem Weg zu, der an einem kargen Feld und einem felsigen Abhang entlangführt, unter einem Rastplatz durch. Eine Eidechse sonnt sich auf dem Felsen. An einem Steintisch sitzen eine Frau und ein Mann. Er redet, gestikuliert wild mit den Armen. Dabei stößt er mit dem Ellbogen an eine Flasche. Sie fällt vom Steintisch, wäre gewiss auf dem Felsboden zersplittert, hätte sie Golo nicht im letzten Moment aufgefangen.

- „Wie können wir dir danken?" fragt der Mann, „du bist genau im rechten Moment gekommen und hast eine erstaunlich flinke Reaktion gezeigt."

„Setz dich doch zu uns und iss mit uns!" schlägt die Frau vor.

Golo steigt zum Rastplatz hinauf, stellt die Flasche auf den Tisch zurück. „Gern ein andermal! Im Moment bin ich am Erkunden der Landschaft."

Der Weg führt auf ein Tor zu, das mitten im Wiesland steht. Ein Mann lehnt gegen den Torpfosten. „Soll ich es öffnen?"

- „Das wäre freundlich", sagt Golo.

Er klaubt einen Schlüssel aus der Tasche und schließt es auf. Schwungvoll macht er es auf. „Du kannst hindurchgehen."

Golo schreitet langsam hindurch. „Wozu dient das Tor? Ich sehe weit und breit keinen Zaun."

- „Ich kann Menschen den Weg öffnen", erklärt der Mann,

„das macht mir eben Freude."

Golo folgt dem Weg durchs Wiesland. Wilde Möhre, weiße Lichtnelken und Flockenblumen blühen. Er gelangt vor ein Haus, das wie eine große Himbeertorte erscheint, bleibt stehen, betrachtet den rosaroten, kreisrunden Bau, den weiße Verzierungen wie gesprühte Sahnehäubchen schmücken. Ein Kuchenstück schiebt sich heraus, gibt den Blick auf die Tür frei. Eine Frau öffnet sie. „Ich habe gesehen, dass du mein Haus bestaunst."

- „Warum sieht es wie eine Torte aus?" fragt Golo.

Sie gibt ihm gern und weitschweifend Auskunft. „Ich bin Zuckerbäckerin. Wenn man mich als Kind fragte, was ich einmal werden möchte, sagte ich: Zuckerbäckerin. Es ist für mich der schönste Beruf. Ich stehe früh auf und bringe essbare Kunststücke hervor. Leiten lasse ich meine Fantasie von Früchten und Beeren." Sie lässt Golo in ihren Rundbau eintreten, führt ihn ins Schlafzimmer. „Im Moment beziehe ich das Bett neu. Gleich bin ich soweit." Sie streift das alte Fixleintuch von der Matratze, nimmt die Decke und das Kissen aus den Bezügen. Dann zieht sie ein neues Fixleintuch über die Matratze, schiebt die Decke und das Kissen in die frischen Bezüge, breitet sie auf dem Bett aus. Alle Stoffe sind in rosa Farbtönen gehalten. Die gebrauchte Wäsche trägt sie zur Waschküche im Untergeschoss, legt sie in die Maschine und schaltet sie ein. „Ich zeige dir gern, wie ich alles mache."

Zurück im Erdgeschoss, geht sie zur Küche. „Möchtest du etwas versuchen?" Sie nimmt 2 Himbeertörtchen aus dem Kühlschrank. „Der Teigboden ist mit einer Creme gefüllt." Gekrönt sind die Törtchen mit frischen Himbeeren. „Beim

Genießen achte ich immer darauf, dass ich nicht alleine bin", betont sie.

Sie setzen sich im Wohnraum an einen Tisch und essen die Törtchen.

„Es ist sehr fein. Mir schmeckt es", sagt Golo.

Das Alpaka

Im Südhang steht ein altes Kurhotel. Golo steigt den Weg hinauf. Ein Mann kehrt mit dem Besen den Vorplatz. „Du kommst gerade zur rechten Zeit. Jetzt gibt ein Geiger ein Konzert."

Neben dem Eingang befindet sich eine Bühne, aus rohen Brettern gezimmert. Davor, auf Klappstühlen, nehmen die Gäste Platz. Der Geiger erklimmt die Bühne, packt die Geige aus dem Koffer, beginnt zu spielen. Eine Frau winkt Golo, deutet auf den Klappstuhl an ihrer Seite. Golo setzt sich zu ihr. Der Geiger spielt virtuos. Am Ende des Konzerts verneigt er sich. Die Gäste klatschen begeistert, rufen: „Zugabe!" Der Geiger spielt nochmals ein kurzes Stück, nimmt lächelnd den großen Beifall entgegen. Dann versorgt er sein Instrument im Koffer und verlässt die Bühne.

„Warte!" ruft ein Zuhörer, „wir würden gern noch mehr Stücke hören."

- „Das kann ich gut verstehen", anerkennt der Geiger, kehrt auf die Bühne zurück, nimmt die Geige wieder heraus.

„Wir haben Glück", sagt die Frau zu Golo, „er lässt uns nicht sitzen."

Der Geiger stimmt kurz das Instrument, dann lässt er weitere Stücke hören. Er verneigt sich, legt die Geige in den Koffer, huscht von der Bühne und begibt sich ins Kurhotel. Die Gäste stehen auf, folgen ihm.

Die Frau lädt Golo ein. „Kommst du mit?"

Golo geht mit ihr in die Eingangshalle des Hotels. Der Geiger kommt auf Golo zu und gibt ihm ein kleines Paket. Es ist in lavendellila Geschenkpapier eingeschlagen. „Bring das Geschenk der Frau, die im Sonnenscheinhaus wohnt und lass sie von mir grüßen." Er beschreibt ihm den Weg.

Golo geht auf einem schmalen Pfad durchs Grasland. Witwenblume, Glocken- und Flockenblume, Wiesensalbei und Margerite blühen. Er fragt einen Mann: „Ist das der Weg zum Sonnenscheinhaus?"

Er antwortet: „Auf diesem Pfad kannst du es nicht verfehlen. Der Berg wird es doch hoffentlich nicht verschluckt haben."

Golo wundert sich über die seltsame Wendung und das heisere Lachen. Als er um eine Hangbiegung gegangen ist, zeigt sich ein halbkreisförmiger Bau. Die großen Fenster aller Zimmer sind gegen Süden ausgerichtet. Das Dach ist mit Sonnenkollektoren bestückt. Aus einem Fenster guckt eine Frau.

„Suchst du etwas Bestimmtes?" erkundigt sie sich.

Golo zeigt auf das Paket. „Das ist für dich. Es ist ein Geschenk des Geigers."

Sie kommt blitzartig aus dem Haus gelaufen. „Für mich? Vom Geiger? Was für eine Überraschung!"

Sie reißt das Papier auf. 3 CDs kommen zum Vorschein mit dem Bild des Geigers auf dem Cover. „Das ist das schönste Geschenk, das ich je bekommen habe", ruft sie, drückt Golo einen Kuss auf die Wange, „möchtest du baden?" Sie zeigt Golo ein kleineres Gebäude, das hinter dem

Sonnenscheinhaus steht. „Das ist das Schattenhaus. Es enthält ein Hallenbad."

Golo erwidert: „Bei dem Wetter bade ich lieber im Freien."

„Nicht weit von hier entfernt, gelangst du zu einem See", sagt sie und weist auf einen Weg, der durch ein Feld mit hohen Sonnenblumen führt. Sie schauen mit ihren großen, gelb gekränzten Blütenkörben auf Golo herab. Im Feld drin bilden Seiten- und Abwege eine Art Labyrinth. Golo ist unsicher, ob er sich noch auf dem rechten Weg bewegt. Schritt für Schritt geht er voran, versucht, zwischen den Stängeln einen Ausblick auf die Umgebung zu erspähen. Am Ende des Feldes lichten sich die Reihen der Sonnenblumen. Weich fällt eine Wiese zum See ab. Das Wasser funkelt in Ufernähe. Golo streift die Kleider ab, watet ins tiefere Wasser hinaus, taucht ein und schwimmt eine Runde. Danach streckt er sich auf einem Uferfelsen aus, lässt sich von der Sonne trocknen. Er schlüpft in die Kleider, wandert den See entlang auf eine Anhöhe über der Stadt. Von dort oben erscheinen die Menschen in den Straßen wie kleine Figuren in einem Spiel. Er findet eine Gitarre neben dem Koffer an einen Baum gelehnt, stimmt sie, zupft ein paar Akkorde. Ein Mann betritt die Aussichtsterrasse, fragt: „Kannst du mir helfen?" Er legt 2 Blätter einer Partitur und einen Liedtext auf einer Felsen-platte aus. „Es geht um die Verteilung des Textes auf die Noten."

Golo vergewissert sich: „Darf ich den Text gleich hinein-schreiben?"

Der Mann sagt: „Das wäre mein größter Wunsch."

Golo summt die Melodie und schreibt den Text unter die

Noten. „Das werden wir gleich haben."

Der Mann staunt, wie schnell Golo die Aufgabe löst. „Alleine hätte ich es nicht geschafft." Er singt die Worte zur Melodie. „Ich habe immer versucht, die Silben zu verteilen, aber es gelang mir nicht."

Golo geht in die Stadt hinunter. Der Weg führt in Serpentinen durch den Wiesenhang. Mit jeder Kehre erscheinen die Menschen in der Stadt unten größer. Schließlich begegnet er einer Frau auf Augenhöhe. Sie lädt ihn ein: „Möchtest du Sonnenbrillen ansehen?"

Golo fragt zurück: „Wo hast du sie?"

Sie weist auf den Südhang. „Bei mir zu Hause. Es sieht weit entfernt aus. Aber wir sind schnell dort."

Ein kleines Sträßchen erklimmt den Hang. Die Frau wandert mit Golo hinauf. Ein gelb getünchtes, turmartiges Gebäude ragt auf. „Da wohne ich", sagt sie und tritt ein.

Golo bleibt stehen, sieht sich die Aussicht an. Über den bewohnten Hängen decken Wälder die Rücken der Waldberge. Er guckt auf den silbrig schimmernden See hinunter, betrachtet den Garten, atmet den eigentümlichen Geruch von Rosmarin und Lavendel ein, geht auf eine mit Gras überwucherte Steinterrasse. Die Frau kommt mit 2 Sonnenbrillen wieder aus dem Haus. „Eine hat ein goldenes Gestell, die andere ein silbernes. Welche möchtest du haben?"

Golo kann sich nicht entscheiden. „Beide habe ihren Reiz", findet er.

Die Frau gibt sie ihm. „Dann nimm beide. Willst du sie anprobieren?"

Er setzt die Brille mit dem goldenen Rand auf, dankt, betrachtet sich im Spiegel des großen Terrassenfensters. „Ich möchte ihre Wirkung ausprobieren."

„Ist gut", entgegnet die Frau, „ich bin gespannt auf deinen Bericht."

Mit der Goldrandbrille auf der Nase spaziert Golo auf dem Bergsträßchen weiter.

Eine Frau kommt ihm entgegen, spricht ihn an. „Irgendetwas an dir gefällt mir. Wollen wir zusammen weitergehen?"

Golo meint: „Das ist gewiss die Sonnenbrille, die dich anzieht."

Bei einer Sitzbank auf der Anhöhe legt er sie ab. „Heute ist es herrlich warm."

- „Darf ich auch einmal durch deine Brille schauen?" bittet sie.

Er gibt ihr die Brille. „Möchtest du sie behalten?"

Sie schaut ihn ungläubig an. „Wie? Du schenkst sie mir?"

- „Wenn sie dir passt und gefällt", erwidert er.

Nachdem sie sich die Brille aufgesetzt hat, möchte sie wissen: „Wie sehe ich aus?"

Golo lässt sie in die verspiegelten Gläser der Brille mit dem silbernen Gestell blicken. „Ich finde, sie steht dir überaus gut."

Die Frau betrachtet sich in den kleinen Spiegeln, zieht zufrieden davon. Golo legt die Silberrandbrille an, geht weiter das Bergsträßchen hinauf.

Er begegnet einem Mann, der aufmerkt. „Darf ich dich etwas fragen? Woher hast du die Sonnenbrille?"

- „Ich habe sie von der Frau geschenkt bekommen, die im turmartigen Haus wohnt", antwortet Golo.

Der Mann blickt suchend das Sträßchen hinunter, tippt sich an die Stirn. „Ich weiß, welches Haus du meinst." Er hält inne. „Kann ich einfach hingehen und mich erkundigen, woher sie die Sonnenbrille hat?"

- „Mit der Frage bist du willkommen", versichert Golo, blickt dem Mann nach, der zum turmartigen Haus eilt. Hinter einer Biegung senkt sich das Sträßchen, windet sich in vielen Kehren bergab. Kurve um Kurve verliert es Höhe, führt zum Seeufer hinunter. Eine Welle glitzert auf der schillernden Wasserfläche, bricht an den Stelzen, auf denen ein Haus im Wasser steht. Seine Fassade ist vanillegelb und blaubeerblau gestrichen. Ringsum das Haus läuft eine Holzterrasse aus hellen Planken. An einer Stelze bei der Leiter ist ein Ruderboot vertäut.

Eine Frau tritt vor die Tür. Sie trägt einen großen kornblumenblauen Sonnenhut. „Siehst du den Briefkasten? Er steht am Ufer beim Bootssteg."

Golo nähert sich dem Kasten. „Er ist nicht zu übersehen."

„Lese die Adressenanschrift!" fordert sie ihn auf.

Er liest. „Da steht: Für dich."

- „Öffne das Paketfach und schau, was für dich bereit liegt", fügt sie bei.

Golo öffnet die Briefkastentür, findet ein paar Badehosen. Ein Muster aus Hibiskusblüten leuchtet auf dunkelrotem Grund. Er prüft, ob die Badehosen ihm passen, zieht sich um, legt seine Kleider auf den Bootssteg, schwimmt zum Haus hinüber, klettert die Leiter zur Terrasse hinauf.

Lächelnd reicht ihm die Frau ein Badetuch, das auch das Blumenmuster ziert. „Willkommen!"

Golo dankt und trocknet sich ab. Sie räkelt sich an der

Sonne. „Kürzlich war ich in der Bibliothek. Dort fand ich ein Buch über Alpakas. Mich interessiert vor allem, wie viel Auslauf sie brauchen. Kürzlich führte ich nämlich mit meinem Nachbarn ein Gespräch. Er hat ein Alpaka auf einer etwas kleinen Weide. Bist du dabei? Wir könnten mit ihm reden."

- „Jedes Tier braucht ausreichend Lebensraum", findet Golo.

Sie steigt die Leiter hinunter, löst das Seil. Er folgt ihr. Sie setzen sich ins Boot. Die Frau rudert ans Ufer, vertäut das Boot beim Steg. Golo zieht seine Kleider an, legt die Badehose über den Briefkasten. Sie gehen das Ufer entlang, bis sie zum Weideland kommen. Das Alpaka hebt den Kopf, kommt in stolzem Trab auf sie zu. Die Frau atmet erleichtert auf. „Du hast ja eine ganz neue Weide bekommen."

Das Alpaka mustert sie mit seinen großen Augen. Der Nachbar findet sich ein. „Das Gespräch hat mir zu denken gegeben. Ich habe die Weide bedeutend vergrößert. Sie reicht jetzt fast bis zum See hinunter."

Die Frau lobt ihn: „Du hast sehr schnell gehandelt."

„Etwas Gesellschaft könnte dem Alpaka guttun", sagt Golo.

„Auch darüber habe ich nachgedacht", erwidert der Nachbar, „ich werde ihm ein Weibchen beigesellen, dass es nicht mehr allein ist."

Sie freut sich. „Dann wird es sicher bald junge Alpakas geben."

Murmeln in der Wurzelbucht

Murmeln in der Wurzelbucht

Murmeln in der Wurzelbucht